LOS 7 SELLOS DEL APOCALIPSIS

POR
GREGORIO MARTÍNEZ LAZALA

Contenido

Capítulo # 1

El Jinete del Caballo Blanco

Capítulo # 2

El Jinete del Caballo Bermejo

Capítulo # 3

El Jinete del Caballo Negro

Capítulo # 4

El Jinete del Caballo Amarillo

Capítulo # 5

Los 7 Sellos del Apocalipsis

Introducción

Este género literario es una novela ambientada en los Estados Unidos, Europa, Israel y Egipto que trata sobre la terrible experiencia de Lauryn Mcspadden, Pierre Giroux y Jehu El-Tuxac, tres jóvenes adolescentes que después de ser dejados atrás en el levantamiento de la Iglesia de Cristo, se convierten en testigos oculares de la gran tribulación narrada en el libro del Apocalipsis y viven en carne propia los juicios de Dios cuando se abren los 7 sellos.

Advertencia

Las fecha de los futuros eventos relatados en este libro y el llamado de los 4 jinetes del apocalipsis por el maligno, son producto de la imaginación del autor para dramatizar el contenido de su obra literaria.

Mateo 24:36

"Pero el día ni la hora nadie lo sabe, ni aun los ángeles de los cielos, sino solo mi padre".

CAPÍTULO # 1

EL JINETE DEL CABALLO BLANCO

Los continuos copos de nieve habían teñido de blanco la hermosa ciudad de Tel-Aviv. Parecía como si el implacable invierno no quisiera terminar a pesar que se acercaba el verano aquel 10 de marzo del año 2000.

Era difícil para el joven Abdul Cohen aceptar que para vivir en Israel siendo mitad judío y mitad sirio, resultaría sumamente difícil. Por un lado, Ibrahim Abdul luchaba constantemente por enseñar a su hijo Amir Abdul la sagrada ley del Corán, y por otro lado, Sarah Cohen se empecinaba en enseñarle a su hijo la doctrina judía a pesar de la oposición de su padre, sin embargo, a pesar de las culturas religiosas de ambas naciones para el joven Amir, ser un sirio judío le importaba muy poco, aunque en ciertas ocasiones no descartaba la idea de aprender más sobre el Dios de Israel y las fascinantes historias de Alá.

Él miraba desde la ventana de su recámara cómo las ardillas brincaban de un árbol a otro en busca de alimento, cuando de repente, vio cómo una enorme serpiente pitón se desplazaba por la palmera que estaba en medio del jardín de la mansión Abdul.

El reptil estaba cubierto de escamas escarlata semejantes a la de un dragón y se levantaba sobre su cuerpo como si tuviera raciocinio, al mismo tiempo que las piedras que decoraban el suelo del jardín se suspendían en el aire como por arte de magia.

—¡Si eres mi escogido, di que estas piedras se conviertan en pan! —exclamó la serpiente en espera de una respuesta mientras que Amir estaba anonadado al ver la serpiente parlante.

Posteriormente a esto, se dirigió a la fuente que estaba en el jardín, estaba inundado de pavor, pero a la misma vez curioso de saber si lo que veía era una visión o la cruda realidad de un encuentro con lo sobrenatural.

—¿Quién eres? —preguntó curioso Amir todavía sorprendido por la manifestación paranormal.

—Yo soy el dragón, la serpiente antigua que estuvo en el principio de la creación —contestó la serpiente mirándolo fijamente a los ojos.

—¿La serpiente antigua? ¿de qué hablas? —preguntó Amir pensativo.

—Yo he venido para convertirte en uno de los 4 guerreros que destruirá conmigo la tierra en los tiempos postreros —respondió la serpiente con firmeza al mismo tiempo que Amir, movido por la influencia maligna, ordenaba que las piedras se convirtieran en pan.

Tan solo pasaron 5 minutos cuando las piedras lisas del jardín se transformaron en trozos de pan horneado. Él, con las manos temblorosas, tomó el pan que parecía recién sacado del horno, y partiéndolo en dos partes lo lleva a su boca para ingerirlo. Había un sinnúmero de preguntas que divagaban entre los pensamientos de Amir. Por un lado, pensaba que la experiencia vivida por él en ese instante era tan solo parte de una pesadilla y nada más, y por otro lado, una parte de su conciencia le confirmaba que lo que estaba viviendo era el principio de una cruda realidad, que de hecho cambiaría su vida para siempre.

—Cómelo sin temor alma viviente, es pan horneado sin levadura —dijo la serpiente mientras se enrollaba en una gran roca que estaba próxima a una fuente de mármol.

—¿Cómo pude hacer esto? —preguntó Amir muy sorprendido.

—¡Podrás hacer muchas cosas más! —exclamó la serpiente—, pero antes de esto vas a ser probado por mí en el desierto de Egipto, allí me daré cuenta si eres digno de montar mi caballo blanco —asintió la serpiente.

—¿De qué hablas serpiente? —preguntó el joven sirio judío.

—Muy pronto lo sabrás cuando conozcas las mil máscaras de mi rostro —concluyó la serpiente desapareciendo de su vista.

Amir estaba impactado por la manifestación divina. Por unos instantes llegó a pensar que sería una manifestación de Alá, el Dios de su padre Ibrahim, y en ciertos momentos se preguntó si la presencia divina tendría que ver con el Dios de Israel por las enseñanzas de su madre Sarah sobre la serpiente que se describe en el primer libro de Moisés. En fin, para él todo le daba lo mismo.

Para Amir resultaba un tanto difícil entender lo que había ocurrido en el patio de su mansión, aunque lo que él veía a diario en el mercado de Tel-Aviv con los encantadores de serpientes y las certeras adivinas de la ciudad de Hebrón le confirmaba que todo podía ser posible.

—¡Basta de pensar estupideces! —dijo dentro de sí el joven sirio judío atormentado por los pensamientos de la terrible manifestación divina.

Él, muchas veces veía cómo los encantadores de serpientes idiotizaban dichos reptiles a tal extremo que podían tocarlos sin ser mordidos por ellas. Parecía como si los encantadores entendieran el lenguaje de las serpientes, de hecho, ellas entendían perfectamente lo que los encantadores les decían a oír la melodía de la flauta cada vez que silbaban con sus lenguas y sonaban la campana de su cola, también fue testigo de varias sesiones espiritistas donde veía cómo las entidades paranormales poseían el cuerpo de la adivina y ella declaraba por medio de los espíritus los más íntimos secretos de sus clientes, esto era motivo suficiente para él creer que la aparición de la serpiente en el jardín era un llamamiento divino, sin embargo, su insaciable sed por descubrir el trasfondo de dicha aparición lo llevó a investigar sobre la doctrina musulmana y judía esperanzado que en una de las dos creencias religiosas iba a encontrar la respuesta a sus preguntas.

Escenas de la familia Abdul Cohen

Por varias ocasiones, Amir volvió a ordenarle a las piedras que se convirtieran en pan sin ningún resultado, y una que otras ocasiones invocaba desde el interior de su recámara a la serpiente parlante, pero esta no se le revelaba al sirio judío, ni en las revelaciones de los sueños, ni mucho menos como lo había hecho anteriormente en el jardín de su mansión.

—¿Cómo quieres que te crea que hace una semana una serpiente habló contigo? —preguntó su novia Tamar un poco confundida por la confesión de Amir mientras degustaba higos maduros sentada a su lado en una de las mesas que embellecían el hermoso jardín del hogar.

—Sé que mi confesión suena absurda, pero lo que te dije sobre la serpiente parlante es real —respondió Amir con certeza mientras fueron interrumpidos por la llegada de su padre Ibrahim quien lo saludó con la tradicional salutación Árabe.

Él se echó de rodillas ante los pies de su padre en señal de obediencia, seguido de la hermosa Tamar quien también se postró a sus pies en señal de respeto.

—¡Creo que Alá ha sido bueno y misericordioso conmigo al dar a mi hijo una hermosa mujer como tú! —exclamó Ibrahim con una sonrisa en los labios levantándolos con sus manos del suelo—. Espero, mi amado Amir, que puedas conseguir, según la voluntad de Alá, dos nuevas doncellas —asintió Ibrahim con una risa bobalicona.

—¡Que Jehová Dios tenga misericordia de ti Ibrahim! —exclamó Sarah muy molesta—. Te encarezco delante del señor que no corrompas a nuestro hijo con más mujeres, porque él será esposo de una sola mujer —replicó Sarah frunciendo el ceño.

Ellos discutieron sobre sus diferencias religiosas en un dime y te diré de nunca acabar, al mismo tiempo que Tamar se despedía de Amir y Sarah dejaba con la palabra en la boca a su esposo Ibrahim para acompañar a la puerta a la novia de su hijo Amir.

—¡Ibrahim! aprovecho la oportunidad para relatarle a su hijo como Dios se había revelado a la egipcia Agar, madre de Ismael, el patriarca de los árabes, y cómo había hecho brotar agua de la peña para que no murieran de sed en el desierto.

Él enfatizó que el más anhelado de sus sueños era verlo convertido en el más fiel de los devotos a Alá y al sagrado libro del Corán, y a la misma vez, le instaba a no prestar atención a las creencias que le inculcaba su madre sobre la existencia del Dios de Israel, alegando que solo existía un Dios llamado Alá y un solo profeta llamado Mahoma.

—Mamá también me dijo que solo hay un Dios y se llama Jehová —agregó Amir interrumpiendo la plática.

—Yo no creo en el Dios de los hebreos ni en su sagrado rollo, y no quisiera que tú tampoco creyeras en él —contestó Ibrahim estallando contra la pared su copa de vino.

Amir responde a su padre con blandas respuestas, dejándole saber al mismo tiempo que él era un adulto de 21 años para tomar sus propias decisiones y perseguir sus sueños. No obstante, a la acalorada plática sostenida entre ambos, decidió confesarle a su padre el encuentro paranormal que tuvo con una serpiente parlante.

—¡No puedo creer lo que me acabas de contar Amir! —exclamó Ibrahim anonadado—, ¿me puedes decir qué te dijo la supuesta serpiente parlante que se te apareció en el jardín? —preguntó Ibrahim con escepticismo.

—Me dijo que soy uno de los 4 escogidos —respondió confundido Amir.

—¡Pamplinas! —exclamó airado Ibrahim—, Alá tuvo un solo escogido y se llamó Mahoma, él es el profeta enviado por Alá —asintió burlándose de su hijo Amir.

Amir guardó silencio a los argumentos de su padre, al mismo tiempo que la plática fue interrumpida por la llegada de Sarah, la madre de Amir, mientras que su padre subía a sus aposentos para evitar volver a discutir con su esposa Sarah.

—Sé que ya eres un hombre de 21 años y que puedes tomar tus propias decisiones dijo la madre de Amir dándole un beso en la mejilla—, pero quiero pedirte que no olvides lo que te enseñé sobre Jehová, el único y verdadero Dios —replicó Sarah con una sonrisa.

Amir la abraza con ternura y sentándose a la mesa le confiesa la terrible experiencia que había tenido en el jardín de la mansión. Ella cree todo lo que su hijo le había confesado, pero a la misma vez le advierte que el profeta Moisés relata en su primer libro que satanás había hablado con Eva en forma de serpiente y que estaba más que segura que la divinidad que se le apareció en el jardín no procedía del Dios santísimo Jehová, sino que podía ser del diablo y sus demonios.

Amir vio drástica la respuesta de su madre y optó por encontrar su propia respuesta. Él subió a su recámara para conciliar el sueño después de un día agotador. Todavía seguía atormentado por miles de pensamientos en su cama, hasta que por fin logró dormirse, allí soñó que galopeaba hasta la mezquita en su caballo "Goliat". En el camino había toda clase de hombres muertos, ricos y pobres mientras que él continuaba galopeando en su caballo sorprendido por los fallecidos que yacían en el suelo. De repente, se paró en frente de él un ángel alado con vestiduras blancas cuyo lomo estaba ceñido con la figura de un dragón escarlata.

Amir no pudo contener firme sus pies a causa de la presencia del espíritu guía al mismo tiempo que su arco de madera con el que solía jugar tiro al blanco se deshizo al caerse de su caballo.

—¿Quién eres señor? —preguntó sorprendido Amir al ver al espíritu.

—Yo soy quién aparecí a mi profeta Mahoma en la mezquita que está en Israel —dijo el espíritu guía mintiendo.

—¿Entonces eres Alá, el Dios de mi padre?

—Tengo muchos nombres y me presento ante mis escogidos de muchas formas —dijo el espíritu con firmeza—, sin embargo, si me invocas por el nombre de Alá u otro nombre yo te responderé —asintió el ángel consumiendo con su mirada el arco de madera que se le había caído al suelo.

Posterior a esto, el espíritu le mira fijamente a los ojos, al mismo tiempo que Amir también lo miraba fijamente a él como si estuviera esperando una respuesta del espíritu guía.

—Yo soy el dragón, la serpiente antigua que habló con Eva en el huerto del Edén.

—Mi madre me habló de esa serpiente parlante, la cual es relatada en el primer libro del patriarca Moisés —dijo Amir muy pensativo—. ¿Entonces eres Alá el Dios de mis padres o eres el Dios de mi madre Sarah? —preguntó Amir aún más confundido.

—Yo soy el padre de todas las sectas del mundo y te he escogido para convertirte en el espíritu fuerte del anticristo, que junto a mis tres escogidos restantes destruirán la tierra y a sus habitantes en el tiempo del fin —contestó el espíritu.

—¿Qué quieres decir con convertirme en el espíritu fuerte del anticristo? —preguntó el joven Amir con curiosidad.

—Tú serás el hombre de pecado, el hijo de perdición que negará el poder redentor de Cristo en el tiempo postrero. Yo te daré poder, gloria y autoridad para matar a multitudes de humanos en los últimos 3 años y medio de tu gobierno mundial —concluyó el espíritu mientras que Amir se despertaba exaltado del sueño.

Amir estaba sorprendido a causa de la terrible revelación, y a la misma vez confundido porque todavía estaba sin entender nada de lo que le dijo el espíritu.

Escenas de la adivina de Hebrón
―――――――――-

Faltaban tan solo 10 minutos para que pasara el último bus con destino a la ciudad de Hebrón, mientras que Tamar corría con ligereza para quedarse en la ciudad de Tel-Aviv, puesto que le urgía llegar a su casa para darle la medicina a su madre Kavil que yacía en una cama enferma de un cáncer terminal

Tamar se precipitó hacia el bus que estaba a punto de partir cuando vio cómo la cartera de Mirza una señora de 60 años se le había caído al suelo.

—¡Deténgase chofer! —gritó a voz en cuello Tamar para devolver la cartera a la egipcia.

El chofer detuvo el autobús y uno de los pasajeros le extendió la mano para ayudarla a subir.

—Pase y acomódese en el asiento donde está sentada la propietaria de la cartera, yo le sedo mi lugar —dijo el señor del sombrero negro.

—Gracias señor.

—De nada —respondió el hombre con caballerosidad

—Termina de acomodarte porque tenemos mucho de que hablar —dijo la adivina Mirza con una gran carcajada.

—¿Acaso me conoces? —preguntó la joven Tamar con curiosidad sentándose junto a la adivina.

—Por supuesto que no, pero el espíritu de adivinación que vive dentro de mí me lo dijo —respondió con seguridad Mirza—, yo sé que fuiste a visitar a tu novio en Tel-Aviv para pedirle dinero y costear la receta médica de tu madre Kavil que está enferma de cáncer —respondió la adivina con una sonrisa bobalicona.

—¿Cómo sabes de mi novio? —preguntó Tamar escandalizada.

—Yo sé más de lo que tú te imaginas, así que te invito a ti y a Amir para que pasen por mi casa dentro de 15 minutos —contestó la adivina Mirza.

—Mi novio no estaba en su casa cuando lo fui a buscar —asintió Tamar con tristeza.

—Tienes razón joven Tamar, él no estaba en tu casa cuando fuiste a buscarle, por eso te esta esperando en la última parada de la ciudad de Hebrón muy cerca de mi humilde hogar —concluyó la adivina Mirza al mismo tiempo que llegaban a la última parada.

Allí encontraron al joven Amir quién estaba esperándola en la parada ansioso por verla y a la misma vez contarle el sorprendente sueño que tuvo con el ángel. Tamar logró conquistar al joven Amir para ir juntos a la casa de la adivina Mirza a pesar de todos los pretextos que le puso Amir a su novia para no llegar a la casa de Mirza. Ellos llegaron a su casa la cual estaba decorada en su exterior con dibujos de media luna, una pirámide egipcia con un ojo en su centro y arriba de la pintura la imagen de un dragón escarlata. Mirza abrió la puerta de su casa y ellos esperaron afuera hasta que ella le diera el permiso para pasar adelante.

La pareja de novios se sentó en la mesa mientras que la adivina ponía las cartas sobre la mesa y le pedía a Amir que tomara una de ellas. Él tomó una de las cartas con ciertas dudas pensando que la adivina egipcia no sería tan certera como los adivinos judíos que estaban en el mercado de la ciudad de Tel-Aviv.

—¡Las cartas empezaron a hablar! —exclamó la adivina echando un grito de bienvenida al espíritu de adivinación que operaba en ella—. Las cartas del Tarot me dicen que el dragón conocido como la serpiente antigua se te apareció en el jardín de tu casa —dijo la adivina al mismo tiempo que sus ojos se volvían rojos como llamas de fuego—, luego se te apareció en sueños un ángel vestido de blanco quien te dijo que él se le apareció al profeta Mahoma —asintió la adivina muy nerviosa—. Escucha con atención mis palabras, joven sirio judío, la serpiente y el ángel que viste son uno mismo y este espíritu que viste es el dragón, la serpiente antigua que es el diablo y satanás. Él te seleccionó para ser uno de los 4 jinetes del apocalipsis, por tanto, te dará tanto poder como los ángeles y pondrá en tu mano un arco de fuego con el que matarás a miles de humanos cuando Jesucristo, el Dios altísimo, desate el primero de los siete sellos en el fin de los tiempos —asintió la adivina mientras que los objetos quedaban suspendidos en el aire—. Sin embargo, para que el dragón te convierta en uno de sus jinetes, debes de ir al desierto de Egipto, allí ayunarás por 40 días y 40 noches y después de esto, excavarás cerca de la gran pirámide de Egipto, y debajo de la arena encontrarás un arco de oro con su flecha, y si el arco con la flecha se enciende como antorcha de fuego en tu mano eres su escogido, sino no —replicó la adivina Mirza.

—Lo que me pide el dragón es fácil, así que estoy dispuesto a hacerlo —contestó Amir seguro de sí mismo.

—Una cosa más demanda de ti el dragón, que sacrifiques a tu padre Ibrahim, tu único padre y que traigas contigo al desierto su corazón para dárselo al dragón como una ofrenda —concluyó la adivina Mirza pidiéndole a la pareja de novios que se fueran de su casa lo más pronto posible.

Los jóvenes salieron de la casa de la hechicera por el fuego que había iniciado en toda la casa a causa de los demonios. Tamar, por otro lado, estaba llena de preguntas sin respuestas y fue la primera vez que había sentido miedo al lado de su novio Amir.

Tampoco podía entender por qué la adivina había dicho tantas cosas horribles sobre su prometido, y él estaba como si nada hubiera pasado, parecía como si ya supiera de antemano que él era este personaje tan terrible que describió la adivina.

Amir, por otro lado, encontró respuestas a la mayoría de sus preguntas, aunque la pregunta sobre quien era Jesucristo todavía seguía martillando en su mente.

Era la mañana del día siguiente y Amir se preparaba para ver las ovejas del rebaño de su padre. Tomándose una taza de té caliente cubrió su cuello con una chalina de cuero, agarró una vara, un cayado y un buen repelente para protegerse de los fastidiosos zancudos, luego pidió a su chofer que lo lleve a la hacienda para pastar las ovejas como solía hacerlo cuando era pequeño.

Su padre Ibrahim había contratado a un pastor de basta experiencia para pastorear las ovejas, pero no obstante a esto, Amir quiso vivir los gratos momentos que pasaba con cada una de sus ovejas.

Amir subió a una de las montañas antecedentes al monte de Sion, allí vio a Wilfred, un pastor inglés que con su cayado hacía encarrilar las ovejas del rebaño a su redil.

—Te estaba esperando joven Amir —exclamó el pastor con una sonrisa en los labios.

—¿De dónde me conoces? —preguntó Amir con curiosidad.

—Permíteme presentarme: mi nombre es Wilfred Piper, un luciferiano de la iglesia sirofenicia ubicada en el centro de la ciudad, y he venido para responderte las preguntas que hay en tu corazón —respondió el pastor de oveja al joven Amir como si estuviera obviando su pregunta.

—¿De dónde me conoces señor Piper? —volvió a preguntar Amir Abdul.

—En verdad no te conozco, pero el dragón a quien yo le sirvo me envió para responder tus preguntas y guiarte al desierto de Egipto, donde iniciarás un ayuno de 40 días por orden de la serpiente antigua con el que serás dotado de poder para hacerle la guerra a los hijos de Jesucristo en los tiempos postreros —asintió el luciferiano—. ¿Sabes quién es Jesucristo? —preguntó Wilfred sabiendo que Amir sabía de antemano quién era Jesús, ya que su madre Sarah le había dicho que Jesús era un falso profeta que fue crucificado por los romanos en Israel hace 2000 años y que después de su muerte sus seguidores presumieron que había resucitado al tercer día.

—Jesús fue un revolucionario judío que murió y todavía se encuentra en la tumba —respondió Amir con una carcajada de risa.

—Creo que estás equivocado joven Amir, Jesús no está muerto y mucho menos es humano. Él es el Dios de Israel y nuestro enemigo acérrimo —contestó el luciferiano muy preocupado.

—Mi padre siempre me dijo que Jesús era simplemente un profeta, mientras que mi madre me dijo que Jesús era un blasfemo un falso profeta y un revolucionario y tú me acabas de decir que Jesús está vivo y que también es Dios —contestó Amir con una interrogante.

—Tienes que creerlo y estar preparado porque después que Jesucristo venga a buscar su iglesia, tres años y medio después de tu reinado mundial, Jesucristo, el hijo de Dios, desatará los 4 primeros sellos, entonces aparecerán los 4 jinetes del apocalipsis y tú serás el jinete del caballo blanco, el espíritu fuerte del anticristo que será soltado en el tiempo del fin y pelearás contra los que no se dejen poner tu sello, ni en la frente, ni en la mano derecha, y los vencerás y los matarás, también se te dará una corona y un arco porque tú saldrás venciendo y para vencer (ap 6:2) —concluyó el satanista seguro de lo que decía.

Amir se despidió del luciferiano y acordaron verse en la semana siguiente para volar a El Cairo (Egipto) y desde allí atravesar el desierto hasta la pirámide de Egipto donde tendría un encuentro personal con el príncipe de las tinieblas.

Escenas de la familia El-Tuxav
_____

Resultaba muy difícil creer que después de Isaac El-Tuxac, un respetado rabino del Sanedrín, se convirtiera en el más y devoto servidor de Jesús en la ciudad de Belén. Tanto él como su esposa Raquel, y sus hijos Jehu y Deborah, visitaban una humilde iglesia cristiana de las asambleas de Dios donde se servía a Cristo en espíritu y en verdad.

Jehú, un joven campesino de 20 años, era pastor de las ovejas de su padre Isaac y había aceptado a Jesús como su salvador cuando vio la resurrección de su hermana muerta en el nombre de Jesús por medio de un evangelista. Esto impactó al joven Jehú de tal manera que no cesaba de predicar el evangelio de Jesús en todas las ciudades de la nación, a pesar de la oposición del judaísmo y la religión musulmana, las cuales tenían una lucha constante por el derecho absoluto de la mezquita situada en Jerusalén.

Jehú tomaba la siesta de la 1:30 de la tarde cuando soñó que un libro escrito por dentro y por fuera estaba sellado con 7 sellos, el cual fue abierto por el cristo resucitado, y cuando los 4 sellos que aseguraban dicho libro fueron abiertos, vio 4 carros que salían de entre dos montes y aquellos montes eran de bronce (ap 6:2). Estos carros de guerra eran tirados por 4 caballos de guerra, uno era de color blanco, uno de color bermejo, uno de color negro y el último de color amarillo. De repente, vio cómo el jinete del caballo blanco se levantaba contra una gran multitud que rehusaban ponerse el sello en la frente y en la mano derecha.

Jehú se levantó exaltado de su cama, al mismo tiempo que su madre Raquel corría hacia su habitación para ver qué le pasaba.

—¿Estás bien Jehú? —preguntó su madre dándole un fuerte abrazo.

—Sí estoy bien mamá tan solo fue una pesadilla —respondió Jehú con voz sofocante—, pero una terrible pesadilla por cierto —agregó el joven judío.

—¿Pero qué soñaste hijo? —preguntó curiosa su madre Raquel, dándole a la misma vez una taza de té caliente para calmar sus nervios.

—Soñé que vi descender de entre dos montes de bronce 4 jinetes, y uno de esos jinetes, que de hecho, era el jinete del caballo blanco, peleaba contra miles de creyentes que no se dejaron poner el 666 en la frente y en la mano derecha —dijo el judío cristiano con lágrimas en los ojos.

—¡Es una revelación divina! —exclamó su madre Raquel muy sorprendida.

—Lo más extraño del sueño es que el mismo rostro del jinete del caballo blanco era el mismo de mi amigo Amir Abdul —asintió Jehú un tanto confundido.

—¿Quién es ese joven? —preguntó su madre curiosa.

—Él es un ex-compañero de la universidad que estudiaba política y soñaba no solo con ser el presidente de Israel, sino de todo el mundo —respondió Jehú echando una gran carcajada.

—Tranquilo hijo mío, quizás todo esto sea un simple sueño —concluyó su madre invitándolo a merendar.

Escenas de la familia Abdul Cohen
———————————————-

Tamar solía llegar a la casa de Amir todos los días de reposo, aprovechando que su madre visitaba la sinagoga y su padre visitaba la mezquita para adorar a Alá. Amir había dejado una nota a su novia explicándole que regresaría en una hora, y a la misma vez la copia de la llave de la casa en el lugar donde siempre solía dejárselo en caso que ella llegara primero que él a su casa.

Había empezado a llover aquella tarde, ella estaba empapada de agua, y quitándose su blusa mojada, se entró a ducharse sin saber que Ibrahim se había quedado en la casa. Él creyendo que Amir estaba en su recámara, abrió la puerta de esta para hablar con él descubriendo la desnudez de la novia de su hijo, al mismo tiempo que el espíritu, que se le apareció a Amir en el jardín, envió dos espíritus de oscuridad para poseer los cuerpos de Tamar e Ibrahim, el padre de Amir.

Tanto él como su futura nuera se dejaron llevar de la pasión que tanto el uno como el otro sentían, e hicieron el amor en la misma cama de Amir.

Él llegó a la casa caminando silenciosamente para sorprenderla con un racimo de flores, cuando los vio a ambos haciendo el amor en su misma cama. Amir perdió por unos instantes los estribos y tomando la daga que estaba en la mesa de su habitación, arrancó la vida de su padre de una sola puñalada en el pecho, luego tomó la daga con la que había matado a su padre y degolló a su novia Tamar.

Él volviendo en sí, dejó caer la daga en el suelo y se echó sobre el pecho de su padre para llorar su muerte y la muerte de su amada Tamar, pero de repente, una sombra espantosa que se reflejaba en la pared de la habitación cobró vida para hablar con él.

—No tengas temor alma viviente, porque yo cubriré tu crimen trayendo un impostor que se hará pasar por tu padre y a la misma vez cubriré toda evidencia que te incrimine —respondió el espíritu infernal—, ahora, debes de sacar el corazón de tu padre y yo haré el resto —asintió el espíritu.

Amir se llenó de valor y con la daga sacó el corazón de su padre y lo puso en el refrigerador para que no se pudriera, al mismo tiempo que fuego con azufre subía de la tierra quemando a los cuerpos y reduciéndolo a cenizas, después, un fuerte viento arrebataba las cenizas y las esparcía al cielo.

Aquella tarde se hizo más larga que todas y él no dejaba de pensar en la muerte de su padre y su amada Tamar. Fue tan difícil para él asimilar aquel incidente, que ni siquiera se dio cuenta cuando se fue el espíritu que lo visitó, y mucho menos cuando llegó su madre Sarah a la casa.

Ella pareció verlo durmiendo cuando abrió la puerta de su recámara, pero él estaba sentado en el suelo con sus manos en la cabeza todavía llorando gracias a una de las jugarretas del espíritu guía. Amir trató de conciliar el sueño después de dar vueltas por horas en la cama.

Era una hermosa mañana de verano y los rayos de luz que penetraban las ventanas de la recámara despertaron al joven sirio judío. Amir se levantó de la cama pensando que todo lo ocurrido había sido una terrible pesadilla, cuando de repente, su madre toca la puerta de su recámara para mostrarle el periódico que anunciaba en primera plana la trágica muerte de su novia Tamar ultimada a tiros por unos asaltantes.

Amir tomó el periódico con lágrimas en los ojos recordando el crimen que cometió. Secó sus lágrimas con su pañuelo y preguntó por algo para desayunar, su madre le dice que la mesa esta servida y que tanto ella y su padre le esperaban en la mesa. Amir se dirigió a la mesa un tanto nervioso para ver quién estaba con su madre, para su sorpresa, había un hombre idéntico a su padre Ibrahim: cabello canoso, 5 pies y 8 pulgadas y como si fuera poco, con el mismo tono de voz.

El impostor le da un abrazo para cubrir las apariencias y Amir le corresponde con la misma efusividad delante de su madre.

—Madre ¿puedes dejarme un momento a solas con "mi padre"? —dijo Amir un tanto aturdido.

Sarah se retiró a su habitación entristecida por la muerte de Tamar.

—¿Quién eres tú? —preguntó Amir furioso.

—Yo soy el impostor un luciferiano y siervo del dragón, quien me envió para librarte de la cárcel y protegerte —contestó el luciferiano con una sonrisa en los labios—, debes de aprenderte de memoria las leyes mosoicas y convertirte en el más ilustre de los rabinos judíos, luego, volarás a Roma Italia y por medio de mis relaciones con la cúpula sacerdotal estudiarás el sacerdocio convirtiéndote en uno de los hombres más eminentes de la comunidad europea, y a la misma vez, el presidente de todos los países europeos —asintió el impostor tomándose una copa de vino.

—¿Quieres decir que seré el presidente de Europa y no de Israel? —preguntó Amir confundido.

—Por supuesto que serás el presidente de Europa y de Israel porque desde esta nación gobernarás el mundo —replicó el impostor levantándose de la mesa al oír la voz de Sarah que le llamaba—. Tu madre estará bien, así que apresúrate porque Wilfred Piper pasará a recogerte para ir al aeropuerto y volar a El Cairo.

Él tomó consigo el corazón de su padre y logrando burlar las autoridades de emigración, voló con Piper a la ciudad de El Cairo para emprender su camino al desierto de Egipto en unos camellos que de antemano estaban aguardándole para el largo camino.

Wilfred se había detenido a la orilla del majestuoso río Nilo con un calor sofocante a expensas de un guía turístico que los apresuraba para tomar el próximo bote que los cruzara al otro lado del río.

—Queremos saber ¿dónde hay una orilla de este río que no es transitable? —preguntaron ambos con curiosidad.

—Está a solo 30 minutos caminando —contestó el guía turístico al mismo tiempo que ellos les pedían que cruzara al otro lado solo y les esperaba en la otra orilla.

Wilfred y Amir llegaron a un lugar del río Nilo que estaba solitario y su orilla estaba decorada de hierbas y algas marinas.

—Si eres el escogido, el hijo del dragón, di que las aguas del Nilo se dividan en dos partes —dijo el luciferiano Wilfred con seguridad.

Amir tocó la orilla del río con una vara por 6 veces y posterior a eso ordenó que las aguas del Nilo se dividieran en dos partes pasando ellos a través del río Nilo en seco. Allí continuaron el recorrido con el guía turístico y este los dejó en el lugar indicado donde le esperaban dos camellos para emprender el viaje.

Ellos llegaron al desierto y se unieron a una caravana de árabes procedentes de Tarifa. Llegaron a un Oasis del desierto que estaba cerca de la ciudad de La-Fayoum en Egipto, allí había un sinnúmero de árabes y beduinos que llegaban a dicho Oasis para seguir su propio destino y cumplir diferentes propósitos.

—Solo hasta aquí puedo llegar contigo —dijo el luciferiano despidiéndose de él.

Amir emprendió el camino hacia las pirámides de Egipto con su bastón, un turbante, un cántaro de agua y un camello. El sol era sofocante y el agua empezó a escasear mientras que Amir buscaba una roca para sentarse a descansar en medio del candente sol del desierto.

—¡Daré roca por pan a tus enemigos y serpiente por pescado a los amigos de tus enemigos! —exclamó una voz tenebrosa que salía de en medio de un remolino de arena al mismo tiempo que un cuervo lo guiaba a la cueva donde iba a iniciar sus 40 días de ayuno.

Él no respondió a la voz que le hablaba en medio del remolino de arena, pero llegando a la cueva, hizo los 40 días de ayuno al dragón.

—¡Si eres mi escogido, di que estas piedras se conviertan en pan! —exclamó una voz desde el interior de la cueva.

Amir no vaciló en decirle a las piedras que se conviertan en pan, y después que se convirtieron en pan, brotó de una roca agua y él comió y bebió hasta saciarse.

Amir siguió su camino hasta llegar cerca de una de las pirámides de Egipto, allí vio una pequeña piedra que estaba incrustada en la arena. Él volvió a ver la misma serpiente que se le apareció en el jardín enroscada sobre una piedra.

—¡Cava debajo de esta roca! —dijo la serpiente parlante.

Amir tomó una pala que se le había quedado a uno de los beduinos y cavó profundamente en la arena hasta encontrar un arco y una flecha de oro bruñido.

—Toma el arco y la flecha por el mango y continua tu camino hasta llegar a la gran pirámide de Egipto —concluyó la serpiente desapareciendo de su vista.

Él tomó el arco y la flecha de oro convirtiéndose en sus manos en antorchas de fuego. Por fin Amir logró llegar a la pirámide de Egipto, y al llegar a dicho lugar, vio cómo una pequeña puerta de piedra se abría de adentro hacia fuera mientras que el joven sirio judío entraba al mismo corazón de la pirámide. Allí había un trono de oro y sobre él un hombre alado.

—¡Bienvenido a una de mis guaridas Amir! —exclamó el espíritu con una gran carcajada al mismo tiempo que él caía postrado a tierra impulsado por la fuerza infernal que le obligaba a caer de rodillas.

—¿Tú eres el espíritu que me alimentó en el desierto? —preguntó Amir poniendo a los pies del espíritu el corazón de su padre, el arco y la flecha que todavía ardían en sus manos y esta no se quemaba.

—¡Yo daré roca por pan a tus enemigos y serpiente por pescado a los amigos de tus enemigos! —respondió el espíritu maligno—, yo soy el dragón, la serpiente antigua conocido como el diablo y satanás y te he escogido para que junto conmigo gobiernes el mundo y te conviertas en uno de los 4 jinetes que azotarán la tierra en el tiempo del fin —asintió el maligno dándole una copa de sangre.

—Bébela, este será el pacto entre tú y yo, y cuando lo hagas, pasará a ti mi poder y autoridad —concluyó el maligno al mismo tiempo que tomaba el corazón de su padre para devorarlo.

Amir tomó la copa de sangre mientras que, de sus ojos, boca y oídos emanaba fuego y azufre.

—Desde hoy te conviertes en el jinete del caballo blanco quien peleará contra los santos de Dios y los vencerás y los matarás —replicó el maligno al mismo tiempo que él se convertía en una criatura de la oscuridad.

CAPÍTULO # 2

EL JINETE DEL CABALLO BERMEJO

Parecía que la tarde no tenía fin aquel otoño del 2005 en Berlín (Alemania), a pesar que la manecilla del reloj pautaba las 7:00 de la noche. Lucáa como si fueran las 2:00 de la tarde en aquella época del año donde el día es más largo y las noches son más cortas, mientras que Albert Austrüst llegaba exhausto de la marina de guerra.

Después de una larga semana de entrenamiento para el servicio naval de su nación, él se integró al hogar donde moraba con sus abuelos quienes los criaron después del aparatoso accidente automovilístico donde murieron sus padres.

La noche se veía espectacular y la radiante luz del sol iluminaba la hermosa casa de los Austrüst que colindaba con las paredes en ruinas del antiguo muro de Berlin. Albert, quitándose su uniforme, se puso ropas cómodas y sentado en la mesa de la antesala tomaba una copa de vino, cuando de repente, vio reflejada en la pared donde estaba ubicada la televisión la sombra de un lobo negro que tomando vida, se presentaba en frente del joven marino.

Él, espantado, dejó caer la copa de vino al suelo y por unos segundos recordó los continuos sueños que tuvo en su adolescencia con el mismo lobo negro que hablaba con él y devoraba a los humanos que trataban de hacerle daño.

—¿Será que estoy soñando? —se preguntó dentro de sí Albert quedando atónito por la aparición de la sombra que solo veía en sus sueños.

—No estás soñando Albert Austrüst yo soy tu espíritu protector, dios de la guerra y el príncipe de las tinieblas —respondió el espíritu maligno al joven militar.

—¿A qué vienes a mí? —preguntó Albert temblando de miedo.

—He venido para convertirte en el jinete del caballo bermejo, uno de mis 4 guerreros que en el tiempo del fin se te permitirá quitar la paz de la tierra y hacer que se maten unos con otros —contestó la bestia mientras que de sus ojos emanaban llamaradas de fuego y azufre

—¿Por qué me escogiste? —preguntó Albert sorprendido al espíritu maligno que lentamente se iba desvaneciendo en frente de él dejando inconclusa la conversación entre ambos.

Albert se levantó aturdido de la mesa a causa de la manifestación paranormal siendo al mismo tiempo interrumpido con la llegada de su novia Elein Müller, una de las jóvenes más destacadas en el arte de las ciencias ocultas en la ciudad de Múnich. Ella era una luciferiana del prebisterio norte de dicha ciudad y compañera de milicia del joven Albert.

Elein lo encontró pensativo, parecía como si hubiera despertado de la peor de sus pesadillas. Él tomó otra copa de vino después de fumar la última colilla de su cigarrillo, la saludó rápidamente con un beso francés y la invitó a sentarse al mismo tiempo que le quitaba con caballerosidad su chaqueta de piel.

—¿Por qué estás tan exaltado? —le preguntó Elein recogiendo las piezas de cristal que se esparcieron por todos los lados al quebrarse en el suelo.

—¡Estuve hablando cara a cara con el dios de mis difuntos padres! —exclamó Albert todavía temblando de miedo—, desde que tenía 14 años, mis padres me dijeron que yo sería uno de sus escogidos, pero nunca pensé que sería una realidad —asintió pensativo.

—Pero lo es, Albert —respondió su novia Elein con una sonrisa en los labios abrazándole con ternura y susurrándole al oído palabras atrevidas.

Posteriormente a esto, hablaron de las promesas de ascenso dada por el capitán de la marina de guerra de la situación económica que los embargaba a ambos y volvieron a caer en el tema de la aparición del espíritu cuando su novia Elein le sugirió prestar mucha atención al llamado del espíritu maligno y esperar su próxima visita.

Tel-Aviv año 2005
―――――――――――――――

Los fuertes dolores del cáncer cerebral seguían atormentando a la madre de Amir, a pesar de todos los esfuerzos que hicieron los doctores por extraer el tumor maligno, no le quedó otra opción que desahuciarla y enviarla de inmediato a la mansión Abdul.

Sarah había sido criada bajo los rígidos fundamentos de la religión judaica, su padre era un ilustre rabino de la ley Mosaica, y como si fuera poco, sus grandes conocimientos de la ley la habían colocado en un sitial elevado en la sociedad judía. Sarah como la mayoría de los judíos no reconocía a Jesús como el mesías enviado y mucho menos como Dios, hasta que un día, recibió la visita inesperada del joven Jehú El-Tuxac, quien vino a visitar a su ex compañero de universidad, pero él se encontraba en Sin-Jil (Palestina) en una importante reunión de negocios.

Jehú aprovechó la oportunidad de hablarle a la madre de Amir del poder redentor de Cristo y de su gran amor y misericordia. Él le mostró a la luz de las sagradas escrituras que Jesús era el mesías enviado y el hijo de Dios hecho carne quién murió en la cruz del calvario por los pecados de la humanidad para salvarle del castigo eterno. Allí ella recibió a Cristo como su salvador a pesar del rechazo del pueblo, del impostor y de su mismo hijo.

—No puedo creer cómo ella es capaz de adorar a Jesús estando en pleno lecho de muerte y siendo atormentada por los terribles dolores de un cáncer terminal —dijo el satanista dentro de sí mientras que Amir se dirigía a su recámara para buscar la inyección de morfina para los dolores de Sarah.

—¡Basta de adorar a ese Jesús, Sarah! —exclamó el satanista frunciendo el ceño—, hazme caso amada esposa porque tanto tu hijo Amir como yo queremos que adores a Alá para que él te reciba en el paraíso —asintó el impostor.

—Sé que no eres mi esposo, sino un instrumento del diablo —respondió la anciana con voz apagada—, así que te ordeno en el nombre de Jesús que te apartes de mí y mi hogar —asintió Sarah mientras que él satanista desaparecía de su vista echando grandes voces de tormento.

Amir llegó a la recámara donde yacía su madre en cama, la descobijó para inyectarle la morfina y recostó su cabeza en la almohada de lana de oveja.

—Madre, soy yo, tu hijo Amir, no tengas miedo —dijo Amir mientras le inyectaba la morfina para calmar su dolor.

—Mi hijo murió el mismo día que mató a su propio padre y a su prometida, sin embargo te perdono Amir —respondió Sarah con lágrimas en los ojos.

—¿Cómo supiste que yo maté a mi padre? —preguntó sorprendido Amir.

—Jesucristo, el Dios de Israel, me reveló en sueños que tú le arrancaste el corazón de tu padre Ibrahim y como si fuera poco, le vendiste tu alma al diablo —asintió con tristeza Sarah tocando con ternura su hermosa cabellera.

Él quitó de sobre su cabeza las manos arrugadas de su anciana madre, mientras que ella mirándole fijamente a los ojos le decía:

—Adiós hijo mío, adiós, no nos veremos jamás —al mismo tiempo que exhalaba el espíritu y moría en los brazos de Amir.

Estados Unidos año 2006
———————————————

La fría mañana de febrero continuaba azotando la ciudad de Wisconsin con fuertes ráfagas de vientos, agua, nieve y una que otras veces lluvia de granizo que pararon por horas el tránsito vehicular. El bullicio era extenuante, vehículos tocando bocina, ventanas semi cerradas e insultos hirientes unos contra los otros, mientras que el chofer de la limosina negra esperaba con paciencia que el tránsito vehicular se despejara para continuar su camino hacia la mansión de los Wagner, una prestigiosa y adinerada familia que pertenecía a la confederación luciferiana del distrito norte de Wisconsin.

Austin Wagner regresaba de recoger del aeropuerto al joven Albert Austrüst a quien habían mandado a buscar de emergencia al director universal de la confederación luciferiana para entregarle personalmente uno de los presentes más envidiados por los satanistas, la finísima espada de oro bruñido la cual solo podía tocar y usar el escogido por lucifer para ser el segundo jinete del apocalipsis.

Todavía el tránsito continuaba congestionado y los conductores empezaron a frenetizarse en el transcurrir de las horas, al mismo tiempo que Lauryn Mcspadden tocaba con desesperación la bocina de su vehículo para dejar a tiempo en la puerta de la iglesia "El Calvario" de las asambleas de Dios incorporada a su hermano Malachi Mcspadden.

—¿Quién es ese joven apuesto que está al otro lado del carril de la avenida principal? —preguntó Amanda Wagner la hija del prestigioso luciferiano a Elein, la novia del joven alemán Albert mientras esperaban la descongestión del tránsito vehicular.

—No tengo la menor idea, pero si él te gusta, lánzale el pañuelo negro y rojo que tienes en la cartera y si él lo toca, de seguro que vendrá hacia ti para pedirte tu número de teléfono —contestó Elein a la joven Amanda con una sonrisa en los labios.

Amanda lanzó su pañuelo al joven Malachi al mismo tiempo que él lo tomaba y saludaba a la hermosa joven con su mano derecha y con una sonrisa bobalicona.

—Ya verás cómo se desmonta del auto y te pide el teléfono —comentó Elein con una gran carcajada de risa.

—¡Qué está pasando! —exclamó Amanda sorprendida—, ¿me pueden explicar por qué el pañuelo hechizado no hace que él venga a darme su número de teléfono? —le preguntó Amanda a los que estaban con ella en la limosina al mismo tiempo que ella abría la puerta de la limosina y corría hacia el humilde vehículo de Malachí para pedirle su número telefónico mientras que el tráfico vehicular empezaba a circular después de 4 horas de congestión vehicular.

—Corre Amanda —exclamó su padre abriéndole la puerta para que ella entrara al vehículo.

Malachí le dio su número de teléfono y el de su hermana Lauryn, y cada uno de ellos llegaron a sus diferentes destinos.

Escenas de la mansión Wagner

El joven alemán Albert Austrüst se hospedó por tres semanas en la mansión de los Wagner, allí hablaron de la propuesta que le hizo el secretario de defensa de los EE. UU. Mike Thompson al millonario Austin Wagner para infiltrar como espía de los Estados Unidos en Rusia al alemán Albert, y hablaron también de la encomienda que había puesto en los hombros de Albert el maligno, y a la misma vez del precio que hay que pagar para convertirse en uno de sus escogidos.

—¿Cómo sabré que soy realmente su escogido? —preguntó Albert un tanto confuso.

—Estoy más que seguro que lo sabrás —contestó Austin Wagner fumando su pipa—, yo sé que siempre te ha gustado la guerra por esto y otras cosas, él te confirmará su llamado —asintió Austin Wagner sentándose con el a la mesa para explicarle todo lo que el maligno le dijo que quería hacer con el joven militar.

—Yo estaba sentado junto a los jardines colgantes que decoraban la hermosa galería de mi mansión —decía el señor Austin degustando su vino favorito—, cuando de repente, vi descender del cielo un ángel de 6 alas que con voz de ultratumba me decía: *he escogido a Albert Austrüst para convertirlo en el jinete del caballo bermejo uno de los 4 jinetes que en el fin de los tiempos hará que los hombres se maten unos contra otros y quitará la paz de los moradores de la tierra.* Yo le pregunté al príncipe de la potestad del aire por qué te había escogido y él me respondió que él llama a sus escogidos según la maldad que emane de sus corazones, concluyó el maligno sin darme más explicaciones, así que opté por no hacerle más preguntas y te envié a buscar a Alemania para decirte lo que él me dijo y poner en tu mano la espada de oro traída del mismo corazón del infierno y puesta en mis manos por el mismo dragón —asintió Austin con certeza

Albert, prestó atención a las palabras de Austin a pesar que asaltaban a su mente un sinnúmero de pensamientos y acertijos sin descifrar que en el transcurrir del tiempo se resolverían tarde que temprano.

Escenas de la familia Mcspadden
_____

Malachi llegó a la iglesia con su hermana Lauryn a pesar de que ella ponía mil excusas para no asistir a la iglesia que la vio nacer después de romper el noviazgo con el hijo del pastor de dicha congregación. Era un poderoso servicio misionero donde en muchas ocasiones el poder de Dios solía manifestarse de forma espectacular.

El invitado especial era un joven francés a quien Dios usaba poderosamente en la exhortación de la palabra y con el don de ciencia y géneros de lenguas. Tanto Malachi y Lauryn se sentaron en los últimos asientos de la iglesia debido a su retraso ocasionado por el tráfico vehicular dos horas antes de iniciar el servicio dominical.

Había una gran multitud aquella mañana, el templo estaba tan abarrotado que una gran cantidad de feligreses se quedó fuera del local para siquiera oír la predicación del joven predicador. El sermón hablaba de las 10 vírgenes sensatas basado en el libro de Mateo. Malachi escuchaba atentamente el mensaje a pesar de los aplausos alabanzas y gritos de júbilo a favor de la ferviente exhortación, de repente, el evangelista pide un momento de silencio y señalando al joven Malachi con su dedo le dice de parte de Dios que será atacado por las fuerzas del mal, pero que no tuviera temor porque el señor Jesucristo estaba con él y nada le haría daño, también le habló de parte de Dios que una satanista le había lanzado un pañuelo hechizado color negro y rojo para que él se enamorara de ella y siendo aun más detallista el hombre de Dios, le dijo que la satanista se llamaba Amanda Wagner, dándole su nombre completo.

—¿Cómo él supo que esa muchacha te lanzó un pañuelo? —preguntó sorprendida su hermana Lauryn Mcspadden.

—Él tiene el don de ciencia uno de los 9 dones especificado en corintios 12 —respondió Malachi con lágrimas en los ojos mientras llegaba a la iglesia una hermosa joven de nacionalidad japonesa procurando con diligencia por el pastor Allan Harris.

El evangelista alzó sus manos al cielo y adorando al señor Jesucristo, le fue dado de parte de Dios hablar el idioma oriundo de la japonesa que había llegado a visitar el templo "El Calvario" de las asambleas de Dios.

El evangelista no conocía ni una sola palabra de dicho idioma, sin embargo, estaba hablando con Dios en perfecto japonés de sus maravillas y milagros realizados en tierra de Egipto. Posteriormente a esto el evangelista bendijo en japonés el nombre del señor Jesucristo y a la misma vez le reveló los secretos más ocultos de su corazón a la japonesa mientras que ella caía de rodillas recibiendo a cristo como su salvador.

Escenas de la familia Wagner

Amanda no dejaba de pensar en el apuesto joven que se encontró en el congestionado tráfico de la ciudad, y mucho menos podía entender cómo la brujería no tenía poder contra él. Ella pensó por unos instantes, buscó entre los cosméticos de su cartera y consiguió aquella notita de papel que tenía el número telefónico del joven Malachi. Ella lo llamó a su celular en varias ocasiones sin ningún resultado hasta que por fin el joven Mcspadden tomó el teléfono y ella logra que él le dé la dirección de la iglesia donde él se encontraba.

—Está a solo 10 minutos de mi casa —dijo Amanda emocionada.

Elein se rehúsa a ir con ella porque tenía una reunión importante con miembros de la federación luciferiana del estado de Wisconsin, pero le pide a su secretaria Ann Einstein que le acompañe a pesar que la señorita Einstein buscaba todas las formas para no acompañar a Amanda.

—¿A dónde quiere ir Amanda que Einstein no quiere ir con ella? —preguntó Albert curioso.

—Amanda la está invitando a una iglesia cristiana para encontrase con un apuesto joven que le robó el corazón —respondió Amanda con una sonrisa.

—Si el hechizo del pañuelo no le hizo efecto, es porque es un verdadero cristiano —asintió preocupado el joven alemán—, así que debes de cuidarte de él —replicó Albert Austrüst continuando la plática con el padre de Amanda mientras que las jóvenes ignorando el consejo de Albert, se dirigían a la iglesia.

Le envió a decir a pesar de que Austin le había entregado la espada de oro al joven Austrüst, esta no se había convertido en una espada de fuego, era obvio para el satanista Austin pensar que después de ver la espada en las manos de Albert en su condición normal, que él no estaba todavía preparado, que no era la ocasión o el momento indicado para dársela o que simplemente él no era digno de ser el jinete del caballo bermejo.

Albert estaba tan sorprendido y confundido como él a pesar de que Austin le dijo todo lo que el maligno le envió a decir sin ocultarle ni una sola palabra. Para Albert no era suficiente la confesión de Austin, él estaba en busca de una respuesta congruente que llenara sus expectativas y que de una vez y por todas le convenciera que lucifer lo había escogido para convertirlo en uno de sus guerreros, a pesar de que el mismo maligno se lo había dicho la vez que se le apareció convertido en una sombra de lobo en la antesala de su casa en Berlín.

Albert ambicionaba algo más que una simple promesa, él ambicionaba riqueza, fama, la posición más elevada en la marina de guerra de Alemania y más que todo esto el poder sobrenatural que solo el maligno podía darle.

—¿Con qué propósito me enviaste a buscar de Alemania? —preguntó Albert frunciendo el ceño.

—Te envié a buscar porque el maligno me dijo que tu serías uno de sus caballeros, también porque el secretario de defensa quería que tu fuera uno de sus espías en la nación de Rusia —respondió Austin con firmeza tomando una copa de Sidra—, aunque yo tengo algo mejor que ofrecerte —asintió Austin.

—No hay nada mejor que poseer la espada que pertenecerá al jinete del caballo bermejo y yo seré el segundo jinete —respondió Albert echando una gran carcajada.

—Pero la espada de oro no se cubrió de fuego cuando la tocaste, lo que quiere decir que no puedes ser uno de los escogidos —comentó Austin Wagner preocupado—, por eso te quiero pedir que si no quiere prestar atención a la petición del secretario de defensa de los Estados Unidos, vuelvas a Alemania y te haga miembro de la comunidad europea porque según fuentes oficiales se dice que para la década de los 20 se elegirá un presidente de toda Europa y tu podías convertirte no tan solo en el secretario de defensa de Alemania, sino de toda Europa —replicó Austin esperanzado en convencer al alemán Albert Austrüst mientras que Albert sin responder palabra, se retiraba a sus aposentos para tomar una siesta.

Él cayó en la cama rendido de sueño y soñó que en un monte semejante al bronce había millones de cuerpos descuartizados en la tierra a causa de una guerra mundial. Albert estaba vestido de militar y se dirigía hacia un árbol que tenía un fruto nunca visto por el hombre moderno, al lado de aquel árbol había una gigantesca roca de piedra atravesada de lado a lado por una espada de oro macizo su resplandor era tan brillante que parecía cegar los ojos del que la miraba fijamente.

Él llegó al árbol y cuando iba a tocar su fruto vio enrocada en una de las ramas del árbol una serpiente escarlata que con el silbido de su cola espantaba toda clases de aves y reptiles del bosque.

—Toma la espada sin temor Albert Austrüst, porque en tus manos se convertirá una antorcha de fuego —dijo la serpiente emanando de su boca humo, fuego y azufre.

—¿Quién eres tú? —preguntó Albert con curiosidad.

—Yo soy la serpiente antigua que estuve con la primera mujer en el huerto del Edén —contestó la serpiente soplando su aliento en la boca de Albert.

Él sacó la espada incrustada en la roca y cuando la empuñó en su mano se convirtió en una antorcha de fuego sin hacerle ningún daño al joven alemán.

—Yo enviaré a uno de mis espíritus quien tomará la espada de oro y la enterrará en la roca que está en la cúspide de una montaña en las afueras de Múnich, allí me entregarás en un ritual la cabeza de tu abuelo, el padre de tu padre, porque este el precio que tendrás que pagar para convertirte en uno de mis guerreros —asintió la serpiente en el sueño de Albert.

Albert se quedó atónito con las palabras de la serpiente al mismo tiempo que su espíritu, alma y cuerpo se transformaba en una criatura de la oscuridad.

—No estarás solo en este este reto porque el jinete del caballo blanco irá contigo él gobernará a toda Europa y el mundo y tú serás el secretario de defensa de la comunidad europea —concluyó la serpiente el mismo momento que Albert despertaba del sueño.

Escenas de la iglesia
_____

El evangelista francés Pierre Giroux continuaba ministrando la palabra de Dios en la iglesia. La multitud de feligreses estaba impactada por los milagros ocurridos en la iglesia a tal extremo que traían de los alrededores toda clase de enfermos y poseído por los demonios para ser liberados por el poder del señor Jesucristo.

Amanda y la satanista habían acabado de llegar a la iglesia, ellas estaban cansadas y se habían introducido entre la multitud para llegar donde estaba sentado Malachi con su hermana Lauryn, de repente, el evangelista Giroux le predica a la satanista Alemana Ann Einstein que Jesús la amaba y que había derramado su sangre preciosa por ella en la cruz del calvario y le profetiza que él había escuchado la oración de su madre Mirna Einstein, una pastora de la iglesia de Dios incorporada en la ciudad de Frankfurt, también le declaró que ella le servía a satanás por más de 10 años pero que Cristo la quería sacar del mundo de las tinieblas a su luz admirable.

—¿Y si acepto a Jesús como mi salvador él me protegerá de lucifer? —preguntó la satanista con lágrimas en los ojos mientras que Giroux hablaba con Ann en un perfecto Alemán sin ella imaginar que Giroux no sabía ni una sola palabra en alemán, sino que era una manifestación de Dios. Ella aceptó a Jesucristo como su único salvador al mismo tiempo que los demonios la arrojaban al suelo cuando salían de ella, mientras que Amanda corría de la iglesia al ver la manifestación de Dios.

—¿Qué me pasó? —preguntó Ann cuando Malachi la levantaba del suelo—, por favor, dígame que me pasó —le preguntó Ann a Giroux en alemán.

—Lo siento señorita, pero no hablo esa lengua —respondió en inglés el joven evangelista.

—¿Cómo es posible que usted no habla alemán si me predicó el santo evangelio de Jesús en mi lengua de origen? —respondió sorprendida la nueva cristiana mientras que Lauryn le daba un fuerte abrazo y recibía también a Cristo como su salvador.

Escenas de la familia Austrüst
_____

La manecilla marcaba la 7:30 de la mañana aquel 5 de mayo de 2008 en la hermosa ciudad de Múnich. El teléfono no dejaba de timbrar y se confundía su sonido con los fuertes ladridos de los perros de la mansión de los Müllers, mientras que la señorita Elein Müller seguía sumergida en el más profundo de sus sueños a pesar que tanto ella como Amanda habían pautado reunirse a las 7:00 de la mañana en la estación de tren para abordar uno con destino a la ciudad de Dublín.

Elein logró levantarse un poco aturdida por la borrachera de la noche anterior, tomó una taza de café amargo para la resaca y se anima a tomar el teléfono que todavía continuaba sonando.

—Buenos días —contesta Elein un tanto soñolienta.

—Elein, tengo más de 45 minutos tratando de comunicarme contigo —respondió Amanda molesta.

—Lo siento Amanda, pero salgo de inmediato a recogerte al aeropuerto, ya que tengo una hora para regresar a la casa antes que Albert y su abuelo lleguen a la casa para estar conmigo un fin de semana —concluyó Elein dirigiéndose rápidamente al aeropuerto.

Ellas regresaron a la casa justamente 5 minutos antes de llegar la familia Austrüst, la mesa estaba ya servida con un suculento desayuno cuando sonó el timbre de la casa.

Elein se levantó de la mesa y abriendo la puerta le dio un acalorado beso en la boca, saludó por cumplido a su suegro y entraron a la casa para degustar el desayuno.

El padre de Albert estaba indispuesto todavía no podía concebir la idea de haber dejado sola a su anciana esposa en Berlín y a su perro pastor alemán "zwei" en alusión a las dos manchas blancas en cada una de sus orejas, pero se resignaba con la falsa promesa que le hizo su nieto Albert con llevarle al asilo de Múnich a ver su hermana menor, quien estaba postrada por parálisis en una silla de ruedas.

—No te preocupes abuelo, que después de que vengamos de la excursión a una de las montañas de Múnich, te llevaré a ver a tu hermana —dijo Albert Austrüst a su abuelo mintiendo.

Él tenía todo preparado para el sacrificio humano, un tipo de daga que se asemejaba a un sable y con la mitad de la medida en longitud de una espada, 4 velones negros, un manto color escarlata y un altar de piedra.

Ellos llegaron a la ciudad de Múnich agotados de cansancio por el largo camino hacia la falda de la montaña y en espera de la llegada de Amir Abdul al que se le esperaba hacer acto de presencia antes de la 12:00 del medio día, tanto Amanda y Elein recibieron la orden de no subir a la cúspide de la montaña mientras que Albert se disponía a cumplir el reto más difícil de su vida.

Las jóvenes se alejaron de los alrededores de la montaña cuando vieron cómo una nube negra se posaba sobre ellos emanando desde su interior lluvia de sangre.

—¿Por qué me traes contigo si estoy ya viejo para ayudarte con la ceremonia? —preguntó curioso el abuelo de Albert.

—No te preocupes abuelo, solo quiero que me ayudes con la edificación del altar —respondió Alberto fingiendo una sonrisa.

Ellos subían a brazo de esclavo a la escabrosa montaña y se detuvieron para descansar en uno de los árboles de manzana que estaba a tan solo 10 centímetros de la falda de la montaña, allí estaba sentado junto a una piedra Amir Abdul quien había utilizado su poder maligno para estar justamente en el lugar donde ellos estaban. Tanto Albert como su abuelo reconocen su jerarquía diabólica postrándose de rodillas delante de Amir en señal de reverencia, mientras que la nube oscura continuaba tiñendo el bosque de la sangre que emanaba de ella.

—Él no puede subir contigo a la cúspide para edificar el altar porque él es el cordero del sacrificio —asintió Amir.

Amir lo tomo de la mano cuando trataba de huir y lo amarró al árbol de manzana de pies y manos desapareciendo de la vista de ambos después de matar a los merodeadores que se escondían entre los arbustos para robar y matar a Albert y a su abuelo.

—¡Corta la cabeza de tu abuelo, tu único abuelo y ofrécemelo en sacrificio! —exclamó la voz tenebrosa y misteriosa desde el interior de la nube mientras que el abuelo de Albert Austrüst imploraba por misericordia a su amado nieto.

—Solo haciendo esto me probarás que eres digno de montar mi caballo bermejo —asintió el maligno al mismo tiempo que Albert tomó su enorme daga semejante a un sable japonés y cortó de un solo golpe la cabeza de su abuelo.

Él la tomó en su mano y la colocó sobre el altar de piedra mientras veía el cuerpo de su abuelo consumirse juntamente con el árbol. Las velas negras ya estaban colocadas en el altar al igual que la enorme copa de cristal y la sangre que emanaba de la cabeza del difunto se derramaba a montones manchando todo el altar.

—Te he dado por corazón una piedra y lo he hecho más tenebroso que las mismas tinieblas —dijo el maligno al mismo tiempo que la nube dejaba de emanar sangre y un destello de fuego de la misma nube convertía en cenizas la cabeza humana llenándose como por arte de magia la copa de cristal de sangre.

—Toma toda la sangre mezclándola con las cenizas de la cabeza, es el pacto entre tú y yo —replicó el maligno.

Albert consumió la copa de sangre mezclada con cenizas y después que sacó la espada de la roca, se cubrió de fuego en su mano y él se convirtió en una criatura del príncipe de las tinieblas.

CAPÍTULO # 3

EL JINETE DEL CABALLO NEGRO

La caravana de egipcios, etíopes y unos que otros árabes atravesaban el gran desierto de Egipto con destino a las ciudades de Al-Fayoum y El Cairo, a pesar de la gran tormenta de arena que azotaba inmisericorde a los hombres y mujeres que salieron de Etiopía en busca de alimentos debido a la gran hambruna que azotaba dicha nación.

Faltaba muy poco para llegar al famoso Oasis de Al Fayoum, pero la terrible tormenta de arena retrasaba el viaje por horas. La caravana estaba organizada y dirigida por un líder llamado Al-Kuseín, un egipcio de 50 años que por más de 30 años había sido un experimentado en la guerra y conocía muy bien las artimañas y trampas del desierto.

Junto con la caravana, venían Agar, Rahab y Amun, una humilde familia de egipcios que después de vivir sumergidos en la más deplorable de la miseria en Etiopía y tras la muerte de Fajid Yefter, el padre de familia, deciden regresar a la nación de Egipto en busca de nuevas oportunidades.

Era difícil para Amun Jefter adaptarse a la nación que lo vio nacer después de 20 años de ausencia. A él no le quedó otra opción que convertirse en la cabeza del hogar lo que lo forzó a emprender el riesgoso viaje a través del desierto en una caravana cuyo líder era un hombre despiadado.

El fuerte viento y la arena habían oscurecido el desierto a tal punto que no se podía distinguir uno del otro. Los caballos relinchaban de miedo y los camelleros trataban de controlar sus camellos que también estaban inquietos, pero por falta de agua. Kussein conocía con certeza el lenguaje de los vientos y cada una de las señales que dejaban al soplar en cada uno de sus movimientos, era sencillo para él entender que los vientos que alborotaban la arena desde el horizonte seguirían en dirección al occidente.

—¡Sigamos en dirección a la tormenta! —exclamó Kussein forzando a la caravana a atravesar la tormenta que a medida que iba atravesando el desierto perdía su fuerza y velocidad.

—¡Se ha vuelto loco señor Kussein! —dijo Amun frunciendo el ceño—, ¿no se da cuenta que todos podemos perecer? —asintió el joven de 35 años muy preocupado siendo secundado a la misma vez por la multitud que poco a poco se iba poniendo más frenética por el pánico a morir.

—¡La tormenta pasará! —exclamó el líder de la caravana con firmeza.

La multitud continuó caminando hasta que por fin llegaron al Oasis que está cerca de la ciudad de Al-Fayoum. El Oasis era inmenso con cientos de palmeras, agua potable, dactilares, caballos y camellos, en fin, todo lo que necesitaba una ciudad para sobrevivir, sin embargo, el Oasis era tan solo un lugar de tránsito donde cientos de forasteros se refugiaban en él para continuar su destino.

Agar y Rahab la madre y hermana del egipcio Amun estaban fatigadas y polvorientas por el largo camino y la inclemencia de la tormenta de arena. Ellas se hospedaron en una humilde tienda gracias a la benevolencia mal intencionada de Al-Kussein que no dejaba de fijar sus ojos en Rahab, la hermana de Amun.

Tres días antes de su partida para El Cairo, Amun había cruzado las fronteras del Oasis para hacer sus oraciones a Rah, el dios del sol, como siempre solía a hacerlo desde que estaba en Etiopía.

Eran las 5:55 de la tarde y el ocaso anunciaba la llegada de la noche, cuando Amun oraba a su dios postrado en tierra, al mismo tiempo que las tinieblas de la noche cubrían el desierto como si fuesen un manto de oscuridad, de repente, un poderoso rayo solar surcó como por arte de magia el firmamento iluminando exclusivamente el lugar donde estaba orando Amun, dejando ver con claridad la majestuosa figura de un faraón egipcio que parándose en frente de él, ponía en su mano una balanza de oro al mismo tiempo que era adorado por espíritus de monos semejantes a los monos babuinos de Uganda.

—Desde hoy te llamaré "hambre" porque por medio de ti, la tierra será maldita con la hambruna más grande de toda la historia —exclamó el espíritu mientras que Amun caía de rodillas.

—¿Cómo te llamas? —preguntó Amun sorprendido por la presencia del espíritu—, yo tengo varios nombres, pero tu siempre me haz conocido por Rah, el dios del sol —respondió el espíritu—, yo soy la serpiente antigua conocida como el diablo y satanás y he venido a ti para decirte que serás el jinete del caballo negro quien en el fin de los tiempo herira la tierra con gran miseria —dijo el espíritu echando una gran carcajada y desapareciendo de su vista.

Amun regresó a la tienda del Oasis anonadado por la gran experiencia e importunado por las múltiples interrogantes de su hermana Rahab a quien él amaba entrañablemente por ser su única hermana y por la tristeza de saber que su hermana padecía de ceguera.

Eran las 10:00 de la noche cuando Amun regresó a la tienda donde estaba hospedado y después de dialogar, se fue a dormir a la parte trasera de la tienda. Allí soñó que el desierto estaba sembrado de verdosas plantas de trigo, Amun estaba fascinado por la hermosa siembra de trigo, cuando de repente, nació del mismo corazón de la planta de trigo unas horribles cizañas que consumieron las plantas de trigo a tal extremo que parecía que nunca hubiese habido una siembra de trigo, luego miró que el desierto estaba lleno de vacas horribles y esqueléticas, pero a la misma vez violentas y peligrosas y solo obedecían a un hombre horrible y desnutrido que cabalgaba con una balanza de oro en la mano.

—¡Ese eres tú Amun! —exclamó una voz espantosa en el desierto—, yo te convertiré en el dios del hambre y la miseria —asintió el espíritu al mismo tiempo que tanto el trigo como el ganado vacuno se iba consumiendo por el fuego.

Amun se levantó exaltado del sueño cuando oyó el bullicio de los camellos que eran despertados por los camelleros para beber agua y la radiante luz del sol que iluminaba su rostro a las 7:00 de la mañana.

—¿Por qué te ves tan preocupado Amun? —preguntó Agar muy preocupada trayendo a su alforja dátiles y hongos para desayunar.

—Estuve hablando cara a cara en el desierto con el dios Rah —contestó el joven egipcio muy sorprendido.

—¿Con Rah, el dios del sol y de todos los dioses de Egipto? —preguntó Agar pensativa—, es imposible porque no eres un sacerdote ni tampoco perteneces al antiguo linaje de los faraones —asintió preocupada Agar—, ¿y qué te dijo? —replicó con una interrogante.

—Él me dijo que desde hoy me llamará "hambre" porque en el tiempo del fin la tierra será azotada con una hambruna mundial que matará a millones de humanos en la tierra —respondió Amun con tristeza.

—¿Qué piensas hacer? —preguntó su madre Agar muy pensativa

—No lo sé, pero cuando lleguemos a El Cairo me aseguraré de hablar con el sacerdote Ramsés, él es un fiel devoto del dios Rah y me explicará por qué el dios Rah me dijo que tenía varios nombres y que era conocido por el nombre del diablo —concluyó Amun preparándose para buscar el alimento de la tarde.

El Cairo año 2015
_____

Una hora después que el monaguillo de la iglesia ortodoxa de El Cairo sonó los 6 campanazos para iniciar el servicio religioso. El sacerdote Ramsés Azzal hacía sus plegarias al dios del sol en el altar de mármol que está junto a la sacristía.

Las ventanas estaban semi cerradas y la luz del sol iluminaba con fuerzas el pequeño altar que todavía conservaba sus antiquísimos utensilios de la época medieval. El sacerdote Ramsés era un luciferiano que se cubría bajo la sotana de la iglesia ortodoxa para engañar y manipular con su filosofía religiosa y politeísta a judíos, musulmanes y católicos sosteniendo que tanto el Dios de los hebreos, el dios Alá y el apóstol San Pedro eran el mismo ser divino.

Todavía él continuaba sus plegarias cuando apareció un espíritu en forma de mono y se presentó delante de Ramsés. El espíritu estaba cubierto de llamas y el calor que emanaba de su cuerpo hizo que Ramsés interrumpiera su tiempo de meditación.

—Pronto llegará a las puertas de este templo un joven de 35 años llamado Amun, yo me le aparecí en el desierto para decirle que él será el jinete del caballo negro, el tercer jinete del apocalipsis que en el tiempo del fin azotará la humanidad con una gran hambruna —dijo el espíritu con firmeza mientras llamas de fuego emanaban de su boca.

—¿Qué clase de espíritu eres tú? —preguntó el sacerdote satanista.

—Mi nombre es Pazuzu, el príncipe de los demonios y he venido a ordenarte que discipules a Amun en todo lo que concierne al satanismo para que pueda entender todo lo que yo le quiero decir —respondió el maligno mientras que las llamas de fuego rodeaban toda la sacristía.

—Yo cumpliré tus órdenes —dijo Ramsés temblando al mismo tiempo que el maligno desaparecía de su vista.

Escenas de la familia Jefter
———————————————————-

Tanto Amun como su madre Agar y Rahab llegaron exhaustos a la casa abandonada y polvorienta que le había comprado Fajid a su esposa Agar hacía 36 años. Amun, sentándose en la silla polvorienta que estaba en medio de la antesala, ordenó sus pensamientos para más tarde asumir sus responsabilidades como el nuevo jefe de la casa para restaurarla y buscar el alimento para su madre y su hermana Rahab.

La situación económica de Egipto no era la más favorable, pero en comparación con Etiopía era muchísimo mejor. Amun tuvo que empezar desde cero y la profesión de carpintería que había aprendido en Etiopía podía servirle de algo en un país cien por ciento artesanal.

Fueron días difíciles para Amun, ya que el simple hecho de empezar desde cero lo estaban volviendo loco, ellos no tenían ni un solo centavo para comer y tan solo tener una balanza de oro en sus manos representaba una tentación para la humilde familia y un peligro a la misma vez a causa de la multitud de ladrones que a diario frecuentaban la ciudad.

—No puedo entender cómo el dios Rah te dio una balanza de oro macizo valorada en más de medio millón de dólares para que la tengas de lujo en la casa sabiendo tú que vivimos en la más deplorable miseria —comentó Agar un tanto alterada.

—Sé que el espíritu que me dio la balanza de oro lo hizo con un propósito —concluyó Amun preparándose para visitar al sacerdote Ramsés en la catedral ortodoxa situada en el parque central de la ciudad.

Amun llegó al templo ortodoxo en horas de las 11:00 de la mañana. Ramsés estaba en el jardín de la catedral un tanto aturdido por la escalofriante visita del espíritu maligno, pero a la misma vez preparado para adiestrar su nuevo discípulo. Allí Ramsés le comentó todo lo que le había dicho el maligno y le enseñó al joven egipcio todo lo concerniente al satanismo sin antes sorprenderlo con prodigios engañosos en nombre de la magia.

—Sé que ayer se te apareció en el desierto un espíritu con vestiduras reales como las de los faraones —le dijo Ramsés al joven Amun con una sonrisa—, también te dijo que él se llamaba la serpiente antigua y el dios egipcio Rah padre de todos los dioses egipcios —agregó Ramsés con firmeza.

—Entonces ¿él es el dios Rah? —preguntó Amun en espera de una confirmación.

—No, él es el dragón la serpiente antigua que es el diablo y satanás —respondió el luciferiano dándole de beber una taza de te verde—, sé que el dragón puso en tu mano una balanza de oro. Este es un poderoso instrumento que será utilizada en el tiempo del fin cuando el altísimo desate el tercer sello y tu descienda en un caballo negro para maldecir la tierra con hambre y miseria. Él te escogió para convertirte en un poderoso satanista y la horripilante criatura del hambre, sin embargo, para obtener semejante poder, tendrás que hacer con él un pacto de sangre y pagar un alto precio —asintió Ramsés un tanto pensativo.

Él le enseñó al joven egipcio todo lo concerniente a la oscura doctrina luciferiana y le hizo entender porque tanto su esposa Izamal como su hija Asha morían de hambre e insolación en el desierto cuando fueron secuestradas y ultrajadas por los beduinos para venderlas como esclavas a los mercaderes árabes que tenían un poderoso tratado de blancas en Etiopía.

Ramsés le aseguró que para convertirse en el jinete del caballo negro tendría que sacrificar a Rahab, su única hermana. Para Amún, el reto que el maligno le propuso fue un tanto extremista, sin embargo, aceptó el reto a pesar de lo mucho que amaba a su hermana Rahab.

Escenas de la familia Sajid

Dos años después de que Amun recibiera el llamado del maligno, la situación de su familia cambió económicamente. Ellos empezaron a recibir extrañas donaciones de un poderoso magnate árabe sin ninguna explicación lógica hasta convertirse en una familia adinerada y de prestigio en la comunidad egipcia, y aunque esto era más que suficiente para Amun y Rahab, Agar envió a robar la balanza de macizo, esta estaba sobre una mini pirámide de roca esculpida a mano cerca de la fuente de agua en el mismo centro del jardín de la mansión de los Sajid.

Agar había hablado con 4 de sus peones para que robaran la balanza y después que la vendieran repartirse el dinero. Todo estaba muy bien planeado, pero sucedió que cuando los peones tocaron la balanza, murieron disecados al instante, incluyendo Agar, la madre de Amun.

Amun llegó a su casa desesperado después de escuchar la terrible noticia de la muerte de su madre Agar y de algunos de sus peones que juntos a los merodeadores de la ciudad habían entrado a su casa para robarse la balanza. Él tomó a su hermana minusválida y la llevó a la catedral del sacerdote ortodoxo Ramsés en tanto que las autoridades egipcias investigaban el misterioso caso de los cuerpos disecados.

Amun usó la magia para excluir de la investigación policial a su hermana Rahab haciendo que ella olvide que estuvo en el lugar de los hechos y que confiese que estuvo todo el tiempo en la catedral ortodoxa de El Cairo. Ella estaba destrozada por dentro y a causa del hechizo lamento no haber estado con su madre, según lo que le mandaron a decir.

—¿Qué haremos con mi hermana Rahab? —preguntó Amun un tanto pensativo.

—No lo sé —dijo Ramsés—, pero te aconsejo que debes de esperar las instrucciones de nuestro amo el dragón —asintió Ramsés tratando de calmar al escogido del maligno.

Ellos todavía estaban dialogando cuando el espíritu del dragón posesionó el cuerpo del sacerdote Ramsés. Allí, el espíritu maligno le dijo a Amun que para ser digno de montar su caballo negro tendrá que sacrificar para él su propia hermana en el desierto de Egipto y que de la sangre derramada de su cuerpo llenara las dos pesas de la balanza de oro y bebiera toda la sangre que contiene las dos pesas de la balanza de oro.

—¿Cuándo haré el sacrificio? —preguntó Amun al maligno que tenía poseído el cuerpo de Ramsés.

—Harás el sacrificio dentro de tres días —respondió el maligno—, llegarás con tu hermana en un caballo negro al desierto, yo proveeré el caballo y devolveré la vista a tu hermana para que vea antes de degollarla con una daga que encontrará sobre la roca, allí me mostrarás si eres digno de galopar mi caballo negro —asintió echando una gran carcajada.

—Yo haré lo que me ordenes —dijo Amun con firmeza.

—Yo te convertiré en el dios de la miseria y el hambre y tu caballo será un monstruo del abismo con cabeza de león y cola de serpiente, también serás una criatura de las tinieblas porque tu cuerpo será disecado como los que mueren por desnutrición concluyó el maligno apartándose del cuerpo del egipcio Ramsés.

Italia año 2016
_____

La popularidad de Amir Abdul Cohen creció vertiginosamente en la comunidad europea a tal extremo que fue seleccionado como uno de los 3 candidatos para correr como presidente de las naciones unidas.

Amir no solamente confiaba en el respaldo de los votantes, sino en el poder maligno que lo respaldaba. La votación resultó a favor de Amir convirtiéndolo en el presidente de las naciones unidas y a la misma vez fue condecorado con el premio nobel de la paz. Él mantenía una estrecha relación política con Leonardo Ventutto, un judío adoptado por una poderosa familia italiana a quien el diablo se le había aparecido para convertirlo en un poderoso profeta de las tinieblas que respaldará el gobierno mundial de Amir.

—¡Te felicito! —exclamó Leonardo Ventutto dándole un fuerte abrazo al sirio judío Amir.

—Gracias —dijo Amir con una sonrisa bobalicona—, yo sabía que iba a ganar —afirmó fumando un narguile.

—No solamente eres el presidente de las naciones unidas, sino que serás el presidente de toda Europa y más tarde de todo el mundo —asintió Ventutto con una sonrisa.

Ellos hablaron de su futuro gobierno mundial, pero sobre todo de su aparición como el jinete del caballo blanco, después que Jesucristo el cordero de Dios abra los 7 sellos. También hablaron de Albert Austrüst, Amun, Jazid y Angialo Caprini, los tres jinetes del Apocalipsis.

—¿Cómo sabes el nombre del cuarto jinete del apocalipsis? —preguntó Amir intrigado.

—Porque el maligno me lo reveló —asintió Ventutto bebiendo una copa de vino—, y no tan solo me reveló eso, sino que también me dijo que Albert Austrüst será el secretario de defensa de tu reinado mundial y el egipcio Amun Zajid será tu vicepresidente —concluyó el falso profeta.

El Cairo (Egipto) año 2018

A pesar del largo calor que hacía en El Cairo, la capital de Egipto, Amun ensilló su caballo negro, montó a su hermana Rahab, y juntos emprendieron el viaje hacia el desierto mientras que Rahab sostenía la soga que venía atada al cuello del camello.

El camino era largo y la inclemencia del calor matutino y vespertino poco favorables, al igual que el frío abrumador del desierto a altas horas de la noche. Ella, aferrada al amor que sentía por su hermano no se imaginaba que ella era tan solo el cordero expiatorio para el gran sacrificio en honor al dragón.

Ellos llegaron al lugar del sacrificio exhaustos, hambrientos y sedientos. Se desmontaron del camello y desensillaron el caballo que estaba un poco sofocado por el calor del desierto. Amun dio la última botella de agua a su hermana Rahab dejándola sentada sobre una roca y se retiró de ella como a un tiro de piedra para invocar el espíritu guía que se le había aparecido en ocasiones anteriores.

—¡Amun, degolla a tu hermana con la daga y llena tu botella con su sangre vertida! —exclamó el maligno con voz de ultratumba—, porque antes de que la mates, ella te verá por última vez —asintió mientras que el cielo se oscurecía con nubes oscuras cargadas de lluvia—, con esto me probarás si eres digno de montar mi caballo negro —replicó el maligno emergiendo de la tierra como una terrible criatura alada con cuernos, cola y pies semejante a los de un cerdo.

Amun hizo reverencia al espíritu guía y regresó con la daga donde estaba su hermana Rahab. Él quedó impactado cuando vio a su hermana que podía ver.

—Rah me dio la vista —exclamó Rahab con una sonrisa en los labios, mientras que Amun, sin pensarlo tan solo un minuto, se lanzó sobre ella y degollando su garganta cayó muerta al instante.

Posterior a esto, Amun tomó su sangre que emanaba de su cuello y llenó la botella, luego regresó donde estaba el espíritu maligno.

—Este es el pacto de sangre entre tú y yo. Bébela y serás el dios del hambre y la miseria —le dijo el maligno mientras que él la bebía sin dejar una sola gota de sangre al mismo tiempo que se convertía en una criatura de la oscuridad.

CAPÍTULO # 4

EL JINETE DEL CABALLO AMARILLO

Italia año 2020

Parecía que las terribles pesadillas que por más de 20 años atormentaban al señor Angialo Caprini nunca tendrían fin, así como las insoportables groserías y rabietas de su esposa María Suarez, una oaxaqueña de 50 años que junto con su hijo Guisseppe Caprini, rogaban de día y de noche a Angialo que se dignara en visitar a una famosa psíquica de oaxaca que según ellos tenía la habilidad de hablar con "la santa muerte".

Él a diferencia de su mujer y su hijo de 20 años, era un ex sacerdote católico que a pesar que creía a ojos cerrados en la divinidad de la Virgen María, descartaba renuentemente que la muerte era digna de ser adorada, aunque en sus sueños se veía convertido en un esqueleto viviente con vestiduras negras que era venerado por millones de personas. Angialo no entendía porqué tenía todos estos sueños, aunque no descartaba la probabilidad de un llamado de "los santos" o un severo ataque de los espíritus "chocarreros".

El sol estaba radiante en Vicenzza (Italia) aquel viernes 13 del año 2020. El escenario de su despampanante mansión, un micro bar casero, unos muebles de mimbre y ratán que decoraban la antesala de la casa, una chimenea sintética y una hermosa galería con vista al mar.

Caprini se estaba deleitando con la hermosa vista al mar de su galería, cuando de repente, se presentó delante de él el espíritu de un cardenal católico con vestiduras blancas y en el centro del pectoral de su sotana llevaba impresa la figura de un dragón escarlata.

—¡Angialo, tú serás mi instrumento para matar con espada con mortandad y con las fieras de la tierra la cuarta parte de la población mundial en el tiempo del fin! —exclamó el espíritu del cardenal con voz de ultratumba.

—¿Quién eres? —preguntó Angialo sorprendido por la manifestación paranormal.

—Yo soy el apóstol San Pedro —respondió el demonio mintiendo—, así me conocen en la religión católica, pero en realidad tengo varios nombres. Unos me dicen la serpiente antigua, otros el dragón y algunos me conocen como el príncipe de las tinieblas —asintió el espíritu maligno al mismo tiempo que emanaban de sus ojos enormes llamaradas de fuego—. Yo te he escogido para que seas el jinete del caballo amarillo una poderosa criatura con el poder de matar tanto a los humanos como a los animales —replicó el espíritu maligno echando una gran carcajada de risa.

—¿Quieres decir que yo tendré el poder de quitar la vida? —preguntó con curiosidad Angialo.

—Yo haré que el espíritu de la muerte sea un mismo espíritu con el tuyo para transformarte en la muerte —respondió el maligno con firmeza—, sin embargo, para convertirte en el jinete del caballo amarillo, deberás pagar un precio muy alto —concluyó el maligno desapareciendo de su vista.

Angialo quedó atónito con la manifestación paranormal. Él todavía no podía asimilar que había visto cara a cara a su "santo de la devoción" ni mucho menos pensar que sería escogido por él para convertirse en la misma muerte. Él se levantó de la mesa cuando oyó la voz de su esposa que lo llamaba.

—Tengo más de 10 minutos tratando de comunicarme contigo, pero no me escuchabas —dijo María Suarez un tanto preocupada mientras que Giusseppe Caprini su unigénito hijo se sentaba a la mesa para degustar el delicioso banquete que el servicio había puesto en la mesa.

—He visto cara a cara al papa San Pedro —respondió Angialo muy sorprendido al mismo tiempo que María le daba su pastilla para calmar los nervios.

—¿Qué te dijo él? —preguntó María Suarez curiosa.

—Él me dijo que me convertiría en la muerte —respondió Angialo un tanto escéptico.

—¡Ahora todos tus sueños tienen sentido! —exclamó María—, por eso te ruego que vayamos a México a visitar a la psíquica oaxaqueña, ella te aclarará todas tus dudas —agregó dándole un fuerte abrazo e invitándolo a sentarse a la mesa a comer.

New Jersey (Estados Unidos) año 2020
_____

Había una fuerte lluvia aquel lunes 12 de mayo en el estado de New Jersey con vientos oscilantes entre los 20 y 25 kilómetros mientras que Joshua Peterson y su novia Jessica Miller se dirigían hacia la casa de los padres de Joshua para celebrar el cumpleaños número 56 de la señora Amanda Peterson.

Ellos platicaban sobre los terribles acontecimientos a nivel mundial que directamente estaban afectando el planeta, tal como la terrible peste que azotó la tierra matando a más de dos millones de personas en todo el globo terráqueo, y sobre los rumores de guerra entre Rusia y los Estados Unidos, así como China contra Arabia, aunque para la joven Jessica Miller los sucesos ocurridos en el mundo eran nada más y nada menos que obras del destino, mientras que para el joven Joshua eran señales de la venida de Cristo.

—¿Cómo puedes creer que alguien que murió hace más de dos mil años vendrá de nuevo a la tierra? —preguntó Jessica con risa burlona mientras se estacionaban en el parqueo de la casa de Joshua.

—Aunque no lo creas, Cristo viene pronto Jessica —dijo Joshua tratando de convencer a Jessica a que se convierta a Cristo—. La promesa de Dios es fiel y verdadera, así que como él dijo que venía otra vez a buscar a su pueblo de seguro que vendrá —asintió Joshua con una sonrisa en los labios al mismo tiempo que entraban en la casa.

Era las 8:00 de la noche y a pesar que la lluvia no cesaba de caer y los fuertes vientos hacían estallar una con otra las ventanas de la habitación de Edward Peterson, él continuaba en un profundo sueño donde soñaba cómo miles de personas desaparecían de la tierra y volaban hacia las nubes vestidos de ropas blancas y resplandecientes, también miraba como varias tumbas de los cementerios eran rotas y miles de almas salían de las tumbas anterior a los que desaparecían estando vivos.

Él se levantó exaltado del sueño y volviendo a conciliar el sueño soñó que 4 jinetes salían de un monte como de bronce para hacer daño a los moradores de la tierra, los jinetes que cabalgaban los caballos blanco, bermejo, negro, y amarillo eran criaturas infernales y horribles en extremo, aunque la criatura del caballo blanco tenía semejanza de humano, pero de sus ojos emanaban llamaradas de fuego y en ciertas ocasiones se asemejaba a un leopardo con boca de león y pies de oso.

El jinete del caballo bermejo era semejante a un guerrero romano con un cuerno en la cabeza y una gran espada de oro. El tercer jinete del caballo negro era criatura semejante a un hombre disecado, desnutrido y semi-esquelético que llevaba en su mano una balanza de oro macizo y el último jinete del caballo amarillo era una horripilante criatura esquelética con una espada en la mano quien tenía el poder sobre las fieras de la tierra, y a la misma vez, le seguían los espíritus del Hades.

Él despertó temblando del sueño, cuando oyó la voz de su esposa Amanda y la pareja de novios Joshua y Jessica.

—No sabáa que estabas durmiendo tan temprano —comentó su esposa Amanda mientras que los demás familiares de Amanda la sorprendían con una humilde fiesta de cumpleaños.

—Si apenas son las 7:00 de la noche —asintió dándole un fuerte abrazo.

—¡Soñé que el señor Jesucristo había levantado la iglesia y miles de almas ascendían al cielo! —exclamó Edward con lágrimas en los ojos—, también soñé que 4 jinetes descendían de un monte como de bronce para destruir la tierra —asintió Edward aterrado tanto para Amanda como para Jessica la novia de su hijo Joshua resultaba absurdo que el señor Jesucristo vendría de nuevo a la tierra.

Ellas no servían a Jesús aunque eran muy devotas de "La Virgen" y San Pedro, sin embargo, a pesar de sus creencias doctrinales, la revelación que acababa de tener su esposo Edward había impactado el corazón de Jackie, la hija menor de Edward y Amanda.

—¿Cómo será la venida de Cristo? —preguntó William el sobrino de Amanda secundado por su prima Jackie.

—Como ladrón en la noche —respondió Edward con firmeza.

—¿Por qué vendrá como ladrón en la noche? —preguntaron todos.

—Porque vendrá el día que menos lo piensen —respondió Edward tomando una taza de te—, él arrebatará primero a los muertos en Cristo y luego los que hemos quedado seremos arrebatados para recibir al Señor en las nubes —asintió Edward con una sonrisa en los labios.

—Yo no creo en esos cuentos de hadas —comentó Jessica con escepticismo y burla.

—Las señales están cumplidas —dijo Edward mirando con tristeza a Jessica—, ¿Acaso no te das cuenta cómo el presidente de las naciones unidas ahora es el presidente de la unión europea? —asintió Edward con una interrogante.

—El sirio judío Amir Abdul Cohen ganó las elecciones con un voto unánime y en un futuro no muy lejano quiere reunirse con todos los mandatarios de Asia para hacer un solo gobierno asiático y una sola moneda para todo ese continente de igual modo quiere hacer lo mismo con el continente australiano, africano y el continente americano —agregó Edward explicando los acontecimientos presentes a la luz de la biblia.

Edward comentaba sobre una posible guerra mundial, los grandes terremotos ocurridos alrededor del mundo, la terrible pandemia que ha matado a dos millones de infectados, el hambre que azota sin compasión a África y los países sur y centro americano, y como si fuera poco, los daños consecutivos que sufre la capa de ozono de nuestro planeta haciendo que los rayos del sol, golpeen con más ímpetu la tierra concluyó Edward cuando fueron interrumpidos con la llegada del pastor evangélico William Smith

Oaxaca (México) año 2020
―――――――――――――――――――――――

La multitud de clientes no daba a vasto en el centro espiritista "El Ojo Mágico" a tal extremo que la gran fila de fanáticos llegaba a dos cuadras de la casa. Allí consultaba los muertos y leía las cartas "Madame Güadalupe" una bruja y médium espiritista de Oaxaca quien ganaba suculentas sumas de dinero leyendo las cartas del Tarot e invocando los muertos.

En medio de dicha multitud estaban Angialo, María y su hijo Giusseppe. Ellos tenían más de 4 horas en espera de su turno para consultar la bruja cuando de repente, la bruja Lupe envía a llamar por su nombre a Angialo

Caprini a pesar que él era uno de los últimos de la enorme fila.

Él sentándose en la silla mientras que la bruja echaba las barajas sobre la mesa, toma 6 barajas con tus ojos cerrados después de pasarse en cruz cada una de las barajas sobre su pecho. Ella tomó la primera carta bebiendo sin parar una botella de tequila.

—Sé que lucifer se te ha aparecido en 3 ocasiones y que por más de 20 años. Has tenido varios sueños con la muerte que te han dejado sin aliento —dijo la bruja echando una carcajada de risa.

—Ahora me doy cuenta que usted no sabe lo que dice, porque nunca he visto a lucifer —respondió con escepticismo Angialo.

—¡Sí, viste a lucifer! —exclamó la bruja frunciendo el ceño—, tú lo viste en la galería de tu mansión en Italia transformado en el papa San Pedro. Él te dijo que tú serías el jinete del caballo amarillo —agregó la bruja.

Ella echó la segunda carta sobre la mesa mientras que Angialo se sorprendía por su declaración sobre el sacrificio que tenía que hacerle al maligno matando su propio hijo y mucho menos creyó lo que Guadalupe le dijo con relación a que él se convertiría en la misma muerte. Habló de que el precio que pagará para ser el jinete del caballo amarillo es matar a su propio hijo y ofrecerlo en sacrificio a lucifer y después de esto se convertirá en "la muerte".

—No mataré a mi único hijo ni tampoco me convertiré en la muerte —concluyó Angialo levantándose furioso de la mesa.

—Sí sacrificarás a tu hijo italiano, está escrito en las cartas del Tarot —gritó la bruja a voz en cuello.

Wisconsin EE. UU. año 2020
_____

La familia Mcspadden estaba pasando por la guerra espiritual más difícil de sus vidas, por un lado, Lauryn había caído grave de muerte en la cama de un hospital en Wisconsin sin ninguna explicación lógica, al igual que sus padres Peter y Jeannie Mcspadden, y por otro lado, Malachi cada vez más se convencía que el fin del mundo estaba cerca debido a los terribles acontecimientos que a diario ocurrían a nivel mundial.

Él estaba sentado en un viejo sofá de madera que estaba en el patio de su casa cuando de repente, fue sorprendido con la llegada de Ann Einstein y su novio Lloyd Adams. Ellos lo encontraron intercediendo en el sofá en lloro, ruego y oración a Cristo por la sanidad de su hermana y aunque era agobiado por la tristeza de saber la condición de ella, estaba esperanzado en las promesas de Dios plasmada en la biblia.

—Apenas escuchamos que tu hermana estaba grave, decidimos venir a verte Malachi —dijeron la pareja de novios con tristeza.

—Gracias por su visita amigos —contestó Malachi con un suspiro de preocupación.

—Toda la noche oramos por ella por un milagro —alegó Lloy secundado por su novia Ann.

—Su novio Pierre Giroux estará con nosotros en 10 minutos —asintió Malachi consolando al mismo tiempo a sus padres que llegaron a hablar con él sobre el pronóstico final que le dio el doctor Mckenzie sobre su hija Lauryn.

Ellos hablaron también de la segunda venida del Señor Jesucristo y la gran cantidad de falsos profetas y falsos cristos que aseguraban venir de parte de Dios logrando engañar a muchos cristianos.

—¡Sé que mi Lauryn se levantará de su lecho! —exclamó su madre con lágrimas en los ojos y a la misma vez aferrada a la palabra de Dios.

—¡El nombre de Nuestro Señor Jesucristo es nombre sobre todo nombre! —exclamó Malachi con firmeza mientras que eran interrumpidos por la llegada de Pierre Giroux quien había volado de Paris a Wisconsin sin avisarle a la familia de su novia.

Solo cuando faltaban tan solo 10 minutos para llegar a la casa, él comentó de la gran persecución que tenían los cristianos en la nueva Europa por profesar la fe cristiana evangélica y como muchos países de toda Europa se quejaban del gobierno del presidente de la comunidad europea Amir Abdul Cohen, y a la misma vez presidente interino de la nación de Israel, a pesar de la oposición de los rabinos y poderosos de la nación porque no aceptaban las creencias doctrinales de Amir y su gran relación con Roma y la iglesia católica. También Pierre comentó sobre los planes del presidente Amir con unificar a todos los países de cada continente y aconsejarlos a usar una sola moneda en cada continente, y como si fuera poco, la absurda idea de crear un gobierno mundial como el tirano alemán Hitler.

—¿Entonces Amir podría ser el anticristo? —preguntó con curiosidad Lloyd Adams a Malachi.

—Eso nadie lo sabe, solo los que sean dejados atrás después del rapto de la iglesia, porque el hombre de pecado que de hecho es el anticristo iniciará su gobierno, después que cristo busque a la iglesia que somos los lavados por su sangre —respondió Pierre por Malachi después que Lloyd Adams sintió de parte de Dios orar por la joven Lauryn Mcspadden.

Él, después de adorar al señor Jesucristo, pidió a Dios que en el nombre de Jesús sanara a Lauryn Mcspadden que yacía enferma en cama mientras que ella se incorporaba de su cuerpo completamente sana.

Oaxaca (México) año 2020

Caprini venía malhumorado y sin decir una sola palabra en toda la carretera que comprendía desde la carretera del estado de Oaxaca hasta llegar al aeropuerto de Benito Juarez en la capital, mientras que el joven Giusseppe trataba de pasar las aburridas horas del camino leyendo una fascinante historia de suspenso a diferencia de su madre María Suarez, la madre de Giusseppe y esposa de Angialo quién enmudecía igual o más que Angialo.

—¡Todo estará bien! —le dijo María echando el brazo sobre su hombro y a la misma vez rompiendo el hielo para hablar con él después de 6 horas de un largo viaje con destino a la ciudad de Oaxaca.

Él la mira por unos segundos, finge una sonrisa y le responde con un sí desganado volviendo su rostro en dirección vertical, mientras que el chofer continuaba manejando hacia el aeropuerto para tomar a tiempo el vuelo a la ciudad de Vicenzza. Ellos tenían asientos de primera clase, aunque de hecho la línea de vuelo cometió el error de mal ubicar a la prestigiosa familia.

Por un lado, a María Suarez le tocó el asiento 2a y a su chofer el asiento 2b, y por otro lado, a Angialo Caprini le tocó el asiento 6e y al hombre del maletín negro el asiento número 6f.

Había una turbulencia en los aires aquella noche y el escenario dentro de la aeronave era igual al de los demás aviones, azafatas dando las señales de precaución, ordenando asegurarse los cinturones, el constante brindis de whisky y comidas suculentas para los pasajeros de primera clase y una inevitable tensión y desesperación en los rostros de cada uno de los pasajeros que a causa de la implacable turbulencia estaban preparándose para lo peor mientras que el hombre del maletín negro se entretenía leyendo el libro del Corán, al mismo tiempo que Angialo miraba de reojo las páginas de aquel libro extraño que de una u otra forma había atrapado la atención del italiano de cabellera blanca y ojos azules que se había atrevido a desafiar todo tipo de peligro por conseguir su objetivo y alcanzar su sueño.

Renato Di Caprio también lo mira disimuladamente y rompiendo el hielo logra como iniciar una conversación entre ambos fumando ilícitamente un cigarrillo sintético que clandestinamente logró pasar por la aduana mexicana.

—¡Has perdido la razón! —exclamó aterrado Angialo—, ¿acaso no le temes a la muerte? —preguntó frunciendo el ceño.

—No le tengo miedo a la muerte porque estoy hablando con el sucesor de la muerte quien está de mi lado —respondió el hombre del maletín negro con una sonrisa en los labios.

—¿De qué hablas? —preguntó Angialo sorprendido por la respuesta del hombre misterioso.

—Hablo de ti mismo, porque tú te convertirás en la muerte, en uno de los jinetes del apocalipsis cuando sea abierto el cuarto sello —respondió el hombre del maletín.

—Todavía sigo sin entender —contestó Angialo aún más confundido.

El hombre del maletín negro era un luciferiano del prebisterio este de la isla de Cecilia en Italia que había sido enviado por el dragón para persuadir y convencer a Angialo a ser miembro de la federación satanista, así como lo fue su abuelo Giulianni Caprini.

—¿De dónde conoces a mi padre? —preguntó sorprendido Angialo.

—Yo sé de ti más de lo que te imaginas. Sé que el diablo se te apareció en sueños tomando la forma del papa San Pedro y que también se te apareció en forma de serpiente como lo hizo con tu padre el hechicero más grande de toda Cicilia —comentó el satanista con una sonrisa.

Él se convirtió desde ese día en el mentor y guía de Angialo, convirtiéndolo en el hechicero más grande de su nación. Por fin Angialo entendió que todas las sectas y religiones del mundo, con la excepción del Santo

Evangelio de Cristo, son simplemente ramas del árbol del satanismo. El luciferiano le enseñó todo lo concerniente al ocultismo y también convenció a su hijo Giuliani a seguir su doctrina.

Con el paso de los meses, el ex sacerdote italiano creció vertiginosamente en la ciencia oculta del antagonismo que llegó a convertirse en el presidente de la federación luciferiana de Roma y de toda Italia. Él volvió a hacer votos de castidad en la iglesia católica de Roma para cubrir las apariencias después del aparatoso accidente de su esposa María Suarez, mientras que su hijo Giuliani continuaba sumergido en el ocultismo para de una u otra forma olvidar el dolor y la frustración ocasionada por la muerte de su madre en un accidente automovilístico.

Wisconsin (USA) año 2020

La noticia de último minuto sobre la aparición en los medios televisivos de Ismael Turim, un judío americano que se proclamaba ser el Cristo quien alegaba que murió en Israel crucificado por los romanos italianos hace más de 2000 años, le dio la vuelta al mundo impactando en gran manera a la pareja de novios Lloyd Adams y Ann Einstein.

Ismael fue sorprendido por los medios de comunicación quienes se quedaron estupefactos cuando vieron al falso Cristo descender del cielo caminando hacia la tierra a tal punto que parecía como si en el aire hubiera una escalera invisible que sostenía sus pisadas para que él no caiga al vacío

—¡No lo puedo creer! —exclamó uno de los periodistas temblando de miedo al ver cómo él desafiaba la ley de la gravedad.

Ismael fue recibido por Azize una falsa profetisa quien aseguraba que Ismael Turim era el Mesías, el hijo de Dios que nació en un pesebre situado en Belen de Judea. Ella de antemano había profetizado cinco años atrás que el falso Cristo iba a descender en la ciudad de Jerusalén en ese mismo año, mes, día y hora y que ordenaría que el territorio de Jerusalén que fue conquistado por Palestina sea devuelto de inmediato a la nación de Israel mientras que Lloyd Adams exclamaba diciendo que Cristo llegó a buscar a su pueblo y que Turim era el anticristo.

—No creo que este sea el anticristo y mucho menos creo que nos hemos quedado atrás porque estamos limpios con su sangre y lavados con la sangre de Cristo —respondió Ann con firmeza—, acaso no ha leído que la biblia dice que vendrán falsos profetas y falsos Cristos pero todavía no es el fin —asintió dándole un efusivo abrazo a su novio.

—Tienes razón Ann —respondió Lloyd volviendo en sí, mientras ambos veían los milagros engañosos que hacía el falso cristo engañando a muchos de los escogidos cristianos los cuales adoraron al falso Cristo.

Vicenza (Italia) año 2020
_____

Era un 31 de octubre del 2020 y la manecilla del reloj marcaba las 6:00 de la tarde, cuando el espíritu maligno se le apareció al luciferiano Angialo Caprini para ordenarle que sacrificara a su único hijo Giusseppe en el sótano de su pomposa mansión

—¡Sacrifícame a tu unigénito hijo Angialo! Atravesando tu espada en su estómago y luego verterás su sangre en la copa de oro y la beberás sin derramar una sola gota, así me probarás que eres digno de convertirte en el cuarto jinete del apocalipsis — respondió el maligno mientras que él le hacía reverencia de rodillas.

Él engañó a su hijo Giuliani diciendo que juntos iban a hacer una ceremonia al maligno y cuando Giusseppe estaba descuidado atravesó su estómago con la espada y luego que bebió su sangre se convirtió en una criatura de la oscuridad.

Israel año 2020
_____

Arabia había roto las relaciones políticas económicas con Estados Unidos después que ellos les dieron apoyo a la nación de Israel, el mismo día que Rusia y los países bajos le declararon la guerra a dicha nación. Parecía como si todas las naciones estaban fuera de control y muchos de los países centro y sur americanos comentaban que se podía desatar una tercera guerra mundial, lo que tenía aterrado a la familia de Israel El-Tuxac en la ciudad de Tel-Aviv.

—¡Estamos en gran peligro! —exclamó temblando de miedo Raquel El-Tuxac—, Jesús el Dios de Israel nos librará de peligro —respondió el judío cristiano con firmeza.

—Todos estos acontecimientos son señales de la venida de Cristo —según el capítulo 24 de Mateo, pero aún no es el fin —asintió Jehú abrazando a su madre mientras que en Belén de Judea los 4 jinetes malignos se reunían en la tumba de Cristo para hablar de todo lo ocurrido a nivel mundial.

—¿Por qué te reuniste con nosotros en este lugar? —preguntaron los tres jinetes a Amir el jinete del caballo blanco ansiosos de saber cuando se les permitirá destruir la tierra.

—Los invité a este lugar para que juntos profanemos la tumba del cordero y a la misma vez dejarle saber que el altísimo no nos permitirá destruir la tierra hasta que su Cristo no abra los 4 primeros sellos —respondió Amir un tanto pensativo.

—¿Y cuándo sucederá esto? —preguntaron los jinetes con curiosidad.

—Nadie sabe esto, pero de lo que si estoy seguro es que lo único que no me permite manifestarme al mundo es la iglesia de Cristo, sin embargo cuando esta sea arrebatada, entonces comenzará mi reinado y después de 3 años y medio se les permitirá a ustedes destruir la tierra —respondió Amir con gran firmeza.

Ellos hablaron sobre el tema de los falsos profetas y los falsos cristos que habían visitado la ciudad de Tel-Aviv y optaron pensar que estos falsos profetas y falsos cristos estaban preparando el camino para la llegada triunfal de Amir Abdul Cohen después del arrebatamiento de la iglesia cristiana

Wisconsin (USA) año 2020
―――――――――――――――

Era la fría noche del 31 de diciembre del 2020 y el reloj marcaba las 11:30 de la noche en la nueva casa de la alemana Ann Einstein y su esposo Adam Lloyd. Ellos discutían sobre el perdón que ella tenía que darle a su padrastro Harry Muller quien la maltrataba físicamente cuando ella era adolescente al que su esposo Lloyd había invitado a pasar el año nuevo con ellos con el forzado consentimiento de su esposa Ann.

—¡No lo odio! sino que estoy un poco sentida con Harry —exclamó Ann con lágrimas en los ojos.

—Sí estás sentida con él, le tienes rencor —respondió su esposo Lloyd con tristeza—, así que ten por seguro que si la muerte te sorprende te perderás y si Cristo viene te quedarás en la tierra —asintió Lloyd hablando del señor Harry, el vuela a Wisconsin en calidad de piloto —dijo Lynda Brown interrumpiendo la conversación entre ambos y sentándose en el sofá de mimbre un tanto sofocada por su embarazo de 8 meses y 15 días.

Ellos continuaban platicando cuando repentinamente Lloyd Adams fue transformando con vestiduras resplandecientes y arrebatado para recibir al señor Jesucristo en las nubes, también el niño que estaba en el vientre de Lynda Brown desapareció en el mismo instante que desapareció Lloyd Adams.

—¡Cristo vino y nos hemos quedado! —exclamó Ann Einstein echándose de rodillas y gritando a voz en cuello desconsoladamente.

—¿De qué hablas? —preguntó llorando Lynda Brown al ver que su niño había desaparecido de su barriga.

—El señor Jesús vino a buscar a su pueblo y nos dejó en esta tierra que será gobernada por el anticristo y él perseguirá y matará a los que no se dejen poner el sello del anticristo conocido como el número 666 —concluyó Ann derramada en llanto.

Frankfurt (Alemania) 1ro de Enero 2021

El reloj marcaba las 6:00 de la mañana cuando Karla Bönn trataba de echarle el brazo sobre el hombro de John Hitler, pero solo vio sobre la cama su pijama, interiores y el anillo de boda que tanto para el uno como para el otro eran inseparables.

Ella se quedó perpleja al mirar como el había desaparecido de la casa sin despedirse de ella y a la misma vez sorprendida y confusa al ver que su anillo estaba sobre la cama. Karla buscó por todos los lugares a su amado John sin ningún resultado haciéndole perder la razón mientras que en la mansión de los Wagner celebraban y daban la bienvenida al reino de las tinieblas cuando veían en los medios de comunicación alemana los diferentes accidentes provocados por la desaparición de millones de personas que eran arrebatados de los trenes, autos, aviones y helicópteros provocando un caos mundial.

También cayó en el mar el avión que era piloteado por el capitán Harry Muller y su copiloto Arnold Wunder, los cuales fueron arrebatados por el cordero dejando el avión sin piloto hasta que cayó en el océano atlántico.

Dicho avión había salido desde el aeropuerto de Berlín con destino a la ciudad de Wisconsin.

Los jinetes profanaron la tumba de Cristo ofreciendo sacrificio humano al dragón y se prepararon para hablar con el falso profeta quien se encargaría de convencer al mundo para que voten por Amir Abdul Cohen el primer presidente mundial.

La humanidad entera votó por Amir quien fue electo con un voto unánime como el primer presidente mundial de la historia. Amir envió a matar a Michael Thompson secretario de defensa de lo Estados Unidos y puso en su lugar al egipcio Amun Sajid, también nombró como vicepresidente al alemán Albert Austrüst entre otros que de una u otra forma estuvieron apoyando su campaña política e infernal.

Amir consoló a millones de madres a nivel mundial que quedaron destrozadas por la pérdida de sus infantes con la falsa esperanza de encontrar en un futuro no muy lejano a los niños que fueron arrebatados por una supuesta nave espacial que tomó a los niños para ver el proceso de crecimiento de la raza humana y mató a los adultos para hacer experimentos con sus cuerpos según el reporte de la Unión Europea y las Naciones Unidas.

Frankfurt (Alemania) año 2020

Ann voló a la ciudad de Frankfurt a visitar a sus padres esperanzada en que no los iba a encontrar en su dulce hogar, porque ellos se habían convertido a Cristo a través del testimonio de su hija Ann. Las puertas del apartamento de los padres de Ann estaban abiertas de par en par, la casa estaba totalmente alborotada a causa de los saqueadores que habían entrado para robarse todo lo que había.

Ann subió de prisa a la recámara de sus padres, abrió la puerta con una llave que conservaba en su cartera y encontró las batas de dormir y los anillos de boda de sus padres que estaban en la cama a pocos centímetros de la manga derecha de cada manga de ambas batas de dormir.

Ella se echó de rodillas y adoró al Cristo del cielo por haberse llevado al cielo a sus padres, luego bajó las escaleras para regresar a la sala y allí se encontró con Elein, la satanista alemana para quien ella trabajó por más de 7 años antes de convertirse al Santo Evangelio de Cristo.

—No me digas que el cordero del altísimo te traicionó dejándote en la tierra ¡después que tú le serviste con tanto fervor! —exclamó Elein echando una carcajada de risa.

—Cristo nunca me traicionó yo le traicioné a él cuando no quise perdonar a mi padrastro Harry —respondió Ann con lágrimas en los ojos—, pero si lo veo le pediré perdón así como se lo he pedido a mi Cristo —asintió Ann con firmeza.

—¿Y crees que podrás resistir lo que le haremos a las personas como tú? —respondió Elein con una interrogante—. Todo aquel que no se deje poner la marca 666 en su frente o en la mano derecha no podrá vender ni comprar y como si fuera poco será torturado para que niegue a Cristo, y si no lo niega entonces morirá —replicó Elein con firmeza—, este es el reino de las tinieblas —asintió la satanista.

—No le temo a la muerte porque el morir en Cristo es ganancia —respondió Ann levantando sus brazos para adorar a Cristo al mismo tiempo que agentes de la comunidad Europea se la llevaron para apresarla.

Wisconsin (USA) año 2021
―――――――――――――――――-

Tres semanas después del arrebatamiento de la iglesia, el anticristo inició una terrible persecución contra los que no querían someterse al nuevo sistema mundial y mucho menos ponerse el sello 666 en la frente o en su mano derecha. Él creó una moneda única conocida como Denario o "Dinar". Esta moneda circulaba en todas las naciones aboliendo por completo el valor de las monedas antiguas, sin embargo, los que la poseían no podían ni comprar ni vender sin el sello del anticristo en la frente o en la mano derecha.

New Jersey año 2021

Joshua Peterson y Jessica Miller quedaron atónitos al ver desaparecer a Edward y Amanda Peterson mientras estaban sentados en el sillón de madera de su pequeño jardín, allí quedaron, sus ropas, sus anillos y la foto de boda que Amanda sostenía en sus manos cuando sonó la trompeta que anunciaba la llegada del rey de reyes y señor de señores.

Joshua lloraba con desesperación la partida de sus padres y sobretodo el haberse quedado en la tierra donde iba tener que entregar su vida para ser merecedor de la vida eterna a pesar del escepticismo de su novia Jessica. Ellos continuaban su plática cuando fueron sorprendidos con la llegada de Pierre Giroux y Lauryn Mcspadden quienes también se quedaron cuando Cristo vino a buscar a su iglesia, ellos no podían creer que la historia bíblica que tanto ellos escucharon en la iglesia iba a ser presenciada por ellos mismos.

—¡Nunca pensé que un hombre de Dios fuera uno de los dejados atrás! —exclamó Joshua muy sorprendido.

—Fui dejado atrás porque pedía dinero para predicar el Santo Evangelio de Cristo —respondió Pierre sucumbido en el dolor y la frustración de ser dejado atrás y enfrentar la dura realidad de pasar por la gran tribulación.

Ellos salieron a buscar refugio en una iglesia evangélica de "Las Asambleas de Dios" ubicado en un pueblo remoto de Wisconsin. Allí encontraron a un pastor que había sido dejado atrás con más de la mitad de sus feligreses. Ellos estaban de rodillas cuando llegaron los jóvenes derramados en llantos por haber sido dejados atrás.

Italia año 2021
_____-

Angialo Caprini llegó a su mansión ordenó a sus empleados que preparen la mesa para recibir a un invitado especial y se sentó en el sofá que está junto a la repisa, sin ningún remordimiento de lo sucedido, en espera de la bella dama de ojos verdes que había visitado a su casa para tener un momento de placer.

Ellos tuvieron intimidad en la recámara de Angialo que estaba adornada con rosas blancas y rojas. Fue un momento de placer para Angialo Caprini, pero cuando lo besó apasionadamente para despedirse de él, la energía vital de la prostituta fue absorbida y ella cayó muerta al instante.

CAPÍTULO # 5

LOS 7 SELLOS DEL APOCALIPSIS

Dallas Tx EE.UU. año 2023

Después de la desaparición de más de 400.000.000 millones de personas en todo el globo terráqueo, ocurrida en el año 2020, tanto la nación de los Estados Unidos, como el resto del mundo, estaba sucumbida en un caos total a tal extremo que los principales líderes de las naciones achacaron la repentina desaparición de millones de humanos a un severo y repentino ataque de invasores extraterrestres.

No había paz en ninguna parte de la tierra a causa de la confusión provocada por la gran catástrofe mundial de los desaparecidos. Era imposible para los humanos entender cómo los millones de desaparecidos se habían esfumado del planeta dejando tan solo la única prenda de vestir que traían consigo antes de la tragedia mundial.

Esto había creado conflicto entre las naciones más poderosas del mundo tales como los Estados Unidos, Rusia, China, Korea, Arabia e Inglaterra, llegando a la conclusión que dicha catástrofe no era más que una invasión alienígena o un ataque terrorista de la nación de Arabia, Rusia y Corea contra el resto del mundo.

Se había puesto sobre la mesa la posibilidad de una tercera guerra mundial, hasta que las Naciones Unidas propusieron a los líderes mundiales la probabilidad de elegir un líder mundial que gobierne todo el globo terráqueo desde una sede mundial o nación con el poder militar y la capacidad financiera para establecer la paz y estabilidad socio económica del planeta.

Después de largas horas de análisis sobre la situación económica y política de la tierra, las Naciones Unidas pidieron consejería de la comunidad europea, la cual recomendó como líder mundial al pontífice católico Amir Abdul Cohen, un sirio judío de 40 años de edad que por 2 años estuvo gobernando todos los países de la Unión Europea.

Él, por espacio de 3 años y medio, implantó una dictadura mundial donde cada habitante de la tierra tenía que ponerse un sello electrónico que corresponde al número "666" en la frente o en la mano derecha, y sin este nadie podía comprar ni vender. Todo el mundo estuvo de acuerdo con la política del líder mundial Amir al igual que todos los antiguos gobernantes de las naciones y los líderes religiosos en general.

Había una paz inmensa en cada rincón del planeta, parecía como si el hambre, la guerra y la muerte habían desaparecido para siempre de la tierra. Esta era la época de un gobierno social comunista cuya moneda única a la que los habitantes de la tierra llamaron "Denario" tenía un valor tan elevado que devaluó en su totalidad a todas las monedas del mundo.

El mundo estaba más que agradecido del líder Amir, que con su gobierno había traído la paz al mundo, aunque para la familia Garfield y el resto de todos los dejados atrás, era todo lo contrario, ya que ellos preferían pasar hambre antes que ponerse el sello de 666 en la frente o en la mano derecha.

—¡Hasta cuando vamos a seguir soportando tanta hambre y miseria! —exclamó Kimberly Garfield estallando contra la pared un vaso de agua mineral que le había regalado su novio James.

—¿Por qué no nos dejamos poner el sello electrónico 666? —volvió a exclamar con una interrogante.

—¿Te haz vuelto loca hija mía a caso no les enseñé en la iglesia que después que Cristo arrebatara la iglesia nadie que no tenga el sello del anticristo podrá comprar ni vender? —exclamó Edward Garfield frunciendo el ceño.

—Nunca prestamos atención a tus enseñanzas porque a pesar que fuiste co pastor de la iglesia fuente de salvación, no nos diste el ejemplo de un buen cristiano —contestó Kimberly con lágrimas en los ojos.

—Sé que pequé contra Dios y me arrepiento, por eso no quiero que nos pongamos el sello porque el que se deja poner el sello será cchado en el lago de fuego y azufre para siempre —contestó Edward con pesar.

—Mi novio James Harris se dejó poner el sello y no le ha pasado nada papá, recapacita y pongámonos el sello o sino nos vamos a morir de hambre —exclamó Kimberly aterrada.

—Es cierto que no le ha pasado nada a tu novio James, pero según las escrituras dentro de 6 meses se cumplirán los 3 años y medio del gobierno del anticristo y cuando esto ocurra Jesucristo el cordero inmolado de Dios desatará los 7 sellos, y cuando los primeros 4 sean abiertos, aparecerán en la tierra los 4 jinetes del Apocalipsis trayendo a la tierra hambre, guerra y muerte —asintió Edward despidiéndose de su familia para buscar algún desperdicio de comida para sobrevivir.

Kimberly meditaba cada segundo en las palabras que le dijo su padre Edward mientras que su madre y su hermano Larry y Helen Garfield prestaban suma atención a las palabras de Edward sirviendo y adorando a Cristo en espíritu y en verdad. Por un lado, a Kimberly le agradaba las oportunidades de trabajo que le daba a la humanidad el líder mundial Amir Abdul. Dicho líder tenía una capacidad intelectual y talentos sobrenaturales, él podía hablar todos los idiomas del mundo y como si fuera poco era capaz de hacer todo tipo de milagros gracias a que el dragón conocido como el diablo y satanás había depositado en Amir todo su poder infernal.

Él gobernaba el mundo desde Tel-Aviv, aunque utilizaba a los Estados Unidos, Europa, Rusia, Arabia y China como las sedes de su poderoso imperio. A Kimberly por otro lado le preocupaba en gran manera lo que su padre le decía sobre los juicios de Dios que caerían sobre los que se dejaron poner el sello de la bestia, cuando Cristo desate los 7 sellos de su libro y sobre la absurda ley que prohibía la adoración al Dios de los Hebreos y a su Cristo cuya desobediencia a la ley era pagada con la muerte.

Tel-Aviv año 2023
_____-

Israel decidió romper sus relaciones con el anticristo después que este se sentó en el templo de Jerusalén y se proclamara a sí mismo Dios. Los judíos estaban furiosos y a la misma vez desafiantes, ellos fueron los únicos que no quisieron ponerse la marca de la bestia porque así le llamaban al anticristo y decidieron pasar necesidades antes que adorar a otro Dios que no sea Jehová el Dios de sus padres, mientras que Jehú El-Tuxac miraba asombrado y a la misma vez entristecido los noticieros que anunciaban por radio y televisión tales sucesos.

Él todavía conservaba intacta las habitaciones de sus padres y hermana y clamaba al Dios de Israel para que no le permita fallarle. Jehú fue dejado atrás por caer en fornicación con su novia Miriam el mismo día que Cristo vino a buscar a su pueblo.

Era un 15 de junio del año 2024 a tan solo 3 años y medio del arrebatamiento de la iglesia de Cristo. Había un sol brillante aquella mañana y Miriam, la novia de Jehú, estaba preparando la comida favorita de Jehú, cuando de repente el cordero de Dios abrió el primer sello y apareció cabalgando a gran velocidad un jinete en un caballo blanco el cual tenía en su mano un arco y flechas de oro y se le dio poder para matar a todos los hombres que permanecían fieles a Cristo.

Él ordenó a sus seguidores a nivel mundial que mataran a todos los que no tenían su sello en la frente y en la mano derecha. El jinete que montaba el caballo blanco tenía apariencia de piedad, ropas blancas semi resplandecientes una corona, y con su arco y flecha de oro hacía gran daño a los hombres que se rebelaban a su régimen político.

Los millones de los dejados atrás a nivel mundial que recibieron a Cristo como su salvador, y sobre todo que no se dejaron sellar, fueron torturados y más tarde acribillados por Amir Abdul. Los hombres de la comunidad europea llegaron a la casa de Jehú en Israel. Él estaba sentado en el sofá que estaba al lado de la repisa cuando llegaron los agentes del líder mundial. Ellos apresaron a la novia de Amir que estaba en la cocina preparando el tradicional plato judío para su novio. Ellos la golpearon para obligarla a ponerse el sello del anticristo al mismo tiempo que ella por temor a morir negó a Cristo dejándose marcar en la mano derecha el número 666 mientras Jehú escapa de los miembros de la organización mundial de la bestia.

Alemania año 2.024
———————-

Ann Einstein estaba en una de las prisiones de Berlín cuando recibió la visita de Elein la ex mujer de Albert Austrüst. Ella llegó vestida de negro con un sombrero rojo como siempre solía hacerlo cada vez que hacía en la casa de Ann algún sacrificio en honor al Dragón.

—¿Todavía sigue adorando ese falso dios que fue capaz de dejarte atrás? —preguntó Elein con una risa burlona—, o no te haz dado cuenta que el dragón te daba todo lo que pedías, sin embargo, tu Dios te ha fallado —asintió mirándola fijamente a los ojos.

—El señor Jesucristo no me ha fallado, yo le fallé a él cuando pequé contra él, no obstante, él me perdonó, por eso estoy dispuesta a dar mi vida por él —respondió Ann con firmeza mientras que los agentes del gobierno mundial disparaban contra An Einstein acribillándola.

Las muertes de los dejados atrás siguieron incrementando a nivel mundial hasta convertirse en millones que no se dejaron poner la marca de la bestia ni en la frente ni en la mano derecha, y mucho menos adoraron al dragón ni la imagen del anticristo, que gracias al poder limitado del maligno había cobrado vida y exigía adoración y ordenaba matar a todo aquel que no lo adorase.

La estatua viviente ordenó a atrapar al resto de los creyentes en Jesús alrededor del mundo, pero muchos de ellos lograron escapar de las manos del anticristo el dragón, el falso profeta y la estatua viviente.

Wisconsin año 2024

Tres meses después de que se desató el primer sello, Lauryn Mcspadden y Pierre Giroux estaban escondidos en una casa abandonada ubicada en las afueras de la ciudad, cuando oyeron desde el cielo la voz de trompeta que decía a voz en cuello que fuera desatado el segundo sello. De repente, descendió de un monte como de bronce un jinete que cabalgaba un caballo color amarillo el cual respondía al nombre de guerra. Este tenía una espada de oro en la mano quién galopando a la velocidad de la luz enterró su espada en la línea ecuatorial desatando una tercera guerra mundial y como si fuera poco, en cada nación a nivel mundial había guerra a nivel local provocando que los hombres de la tierra se maten unos con otros, y a la misma vez se suiciden porque la paz fue quitada de la tierra, mientras, Lauryn y Pierre corrían despavoridos de un lado para otro para salvar sus vidas porque no había paz en ningún rincón de la tierra solo destrucción violencia y muerte.

Parecía que las personas habían perdido la razón en un mundo sin amor, sin paz y sin infancia, porque en el rapto de la iglesia del 2020, habían desaparecido todos los niños del mundo.

—¡Qué será de nosotros Pierre! —exclamó Lauryn derramada en llantos.

—No tengas miedo Lauryn, porque aunque muramos en medio de esta guerra nuestras almas se irán con Cristo al cielo —respondió Pierre dándole un fuerte abrazo mientras miraban desde el interior de la casa cómo los hombres se mataban unos con otros y otros se suicidaban.

Ellos estaban aterrados porque corrían peligro, no tan solo con los hombres que eran manipulados por el jinete del caballo bermejo para que se maten unos con otros, sino con el diablo, el anticristo y el falso profeta quienes continuaban su persecución contra aquellos que no dejaban ponerse el sello de la bestia en la frente o en la mano derecha.

Había un alboroto en toda la ciudad, cuerpos de hombres muertos que yacían en el suelo, balas perdidas y toda clase de armas blancas ensangrentadas por la gran violencia que imperaba en cada rincón del planeta después de la llegada del jinete del caballo bermejo, mientras que Pierre y Lauryn corrían a la casa de su amiga Kimberly ubicada en la ciudad de Dallas. Ellos se encontraron en la casa de Lauryn con un grupo de cristianos que junto con el pastor habían sido dejados atrás y a la misma vez trataban de controlar a Miriam y James para que no se suicidaran, se mataran unos a otros o mataran a algunos de los refugiados en la casa de Lauryn.

—¡No por siempre lo vamos a controlar! —exclamó Edward Garfield con lágrimas en los ojos mientras encerraban en una celda de madera a los sellados con el 666.

—¿Por qué papá? —preguntó Lauryn inconsolable al mirar el estado de ansiedad y depresión de su novio James provocado por el juicio del jinete del caballo bermejo.

—Porque cuando Jesús desate el tercer sello, aparecerá el jinete del caballo negro el cual herirá las naciones con una hambruna nunca vista en la tierra —contestó preocupado Edward Garfield—, y esto es tan solo el comienzo de la gran tribulación narrada en el libro del apocalipsis —asintió Edward al mirar desde la ventana de su casa cómo los hombres continuaban matándose unos con otros.

Tanto Jehú como los demás sobrevivientes estaban aterrados con dichos acontecimientos. La tercera guerra afectó la humanidad dejó un saldo de más de 130 millones de personas muertas a nivel mundial, trayendo consigo la destrucción de todos los países del mundo, y a la misma vez, asolando las ciudades a tal extremo que poco a poco se iban convirtiendo en cuevas de las fieras a causa de la guerra mundial de un año de duración.

Dallas Texas año 2025
_____

Jehú El-Tuxac había liberado de la cárcel de madera a su novia Miriam y a James el novio de Lauryn Mcspadden la hermana de Mcspadden uno de los arrebatados al cielo cuando Cristo vino a buscar su iglesia.

Era un día soleado y una temperatura relativa del aire de 105 grados Fahrenheit cuando se oyó una voz tronante del cielo que decía: *que sea desatado el tercer sello*. De repente salió a la velocidad de la luz de en medio de un monte como de bronce la figura de un jinete montado en un caballo negro, quien tenía en su mano una balanza de oro y se volvió a oír la voz tronante del cielo que decía: *dos libras de trigo por un denario y 6 libras de cebada por un denario, pero no dañes ni el aceite ni el vino* (Apc 6:6), al mismo tiempo que una gran hambruna arropaba toda la tierra.

El jinete del caballo negro tenía apariencia de un muerto disecado y putrefacto, y a su paso hería los árboles frutales y toda planta que da semilla. La tierra había quedado destruida a causa de la guerra mundial, sin embargo, la gran sequía fue la última gota que hizo derramar la copa porque hizo aumentar al máximo los artículos de primera necesidad a tal extremo, que un galón de agua llegó a costar 10 denarios que equivalía a la suma de 20 libras esterlinas.

Esta gran hambruna hizo aumentar y enfurecer las fieras de la tierra de tal manera que las personas tenían temor de salir de las casas para no ser devorados por ellas. El hambre azotó tanto al planeta que muchos decidieron practicar el canibalismo llegando a matar a sus compañeros para no morir de hambre.

—¡Parece que estamos teniendo la más terrible de las pesadillas! —exclamó Larry Garfield revolcándose en el suelo a causa del hambre y la sed que había empezado a agobiar a los moradores de la tierra, al mismo tiempo que el pastor Oscar y la mayoría de sus feligreses que también fueron dejados atrás junto con él, buscaban la manera de sobrevivir la hambruna y a la furia de los hombres que habían perdido los sentidos a causa de la hambruna y las muertes de millones de personas que yacían en el suelo sin vida y la dura realidad de ver un mundo destruido por las muertes, las ciudades desbastadas por las poderosas armas de fuego, y como si fuera poco, estaban sucumbidos en las más deplorable de las miserias.

Las personas andaban como perdidas buscando alimentos entre los escombros de los edificios desplomados por las bombas, y los que estaban en los campos veían tan solo tierra seca y árida y árboles secos y destrozados por el poder maligno del jinete del caballo negro, sin embargo, no obstante a esto, la sequía no afectó a los viñedos y a la siembra de olivos.

—¿Cómo fuiste capaz de ignorar el saco de arroz y frijoles que se le cayó a los que conducían aquel antiguo vehículo antes de chocar contra el muro de concreto y morir? —preguntó Helen enfurecida con su esposo Edward.

—No toqué los granos porque si lo hago estoy robando y no quiero perderme en el infierno —respondió Edward con tristeza al verla llorar por un bocado de pan—, ¿o crees que nos salvaremos por el simple hecho de no dejarnos poner el sello 666 de la bestia? —asintió con una interrogante—. De ninguna manera mujer, para esto tenemos que blanquear nuestras ropas en la sangre de Cristo —replicó Edward tratando de consolar a su esposa que estaba desesperada por los dolores de estómago provocados por el hambre mientras que él ponía sobre la mesa algunos desperdicios de comida encontrado en los basureros para poder sobrevivir al hambre que azotaba la tierra.

Todavía el anticristo continuaba su persecución contra los que no se habían puesto su sello en la frente y en la mano derecha, aunque muchos no resistían la presión de la tribulación y por temor a perder sus vidas, dejaban ponerse la marca del anticristo.

Oaxaca, México año 2026
_____-

La salida del ocaso anunciaba la llegada de la noche mientras que Sandra Zapata preparaba dos tortillas en el fuego que a pura lucha había conseguido para comerla con su esposo, sus dos hijos y un anciano, que fue dejado atrás por mentir, cuando de repente, se oyó por cuarta vez una voz tronante que decía: *que sea desatado el 4to sello*, al mismo tiempo que descendía galopando desde un monte como de bronce un jinete en un caballo amarillo que era respaldado por las huestes infernales del Hades y respondía al nombre de la muerte.

Dicho jinete era semejante a un esqueleto viviente, el cual vestía un atuendo amarillo y tenía en su mano el poder para matar con la espada que es la misma guerra para matar con hambre, es decir, con las enfermedades y con las fieras salvajes de la tierra.

La muerte cabalgó a la velocidad de la luz por toda la tierra en un caballo amarillo con patas y cabezas esqueléticas e hirió la tierra con la espada provocando un conflicto tan terrible entre varias naciones que tuvo como resultado el deceso de más de 375 millones de humanos.

La muerte volvió a herir la tierra con hambre y volvió a morir la misma cantidad de humanos que murieron con la espada, luego, esta hirió la tierra con mortandad y vino sobre la tierra una pandemia de sarna maligna que hacía que la piel de los hombres se desprendiera de sus cuerpos como si fuera una especie de lepra mutante, también cayó sobre los hombres la pandemia de un microbio semejante a un gusano que en tan solo 6 horas comía los glóbulos rojos, blancos y el cerebro de los hombres causando la muerte a 375 millones de habitantes, mientras que la joven Kimberly y Garfield trataban de recostar en la cama a su novio James Harris quien hacía 5 horas había contraído el virus del gusano que comía los glóbulos blancos, rojos y el cerebro de sus víctimas.

—¿Por qué solo a mi novio le cayó el juicio divino y a todos nosotros no? —preguntó Kimberly estallando en llanto.

—Porque el fue sellado con el sello de la bestia y nosotros no —respondió su padre Edward dándole un efusivo abrazo para consolarla mientras ella se sentaba en el sofá de la casa.

—Pero Miriam Azer se dejó sellar con el 666 y no le cayó ninguna de estas plagas malignas —respondió con tristeza.

—Es cierto hija mía, pero ten por cierto que tarde que temprano una de estas plagas caerá sobre ella —concluyó Edward mientras que Kimberly veía morir a su novio en sus brazos y a la misma vez se dirigían hacia Guatemala en una caravana de dos autobuses al ser advertido del peligro que corrían por los oficiales del gobierno mundial, los cuales perseguían a todos los que no estaban sellados con la marca del 666.

Ellos llegaron al humilde pueblo de Tecomán ubicado en la frontera de Guatemala con Belice cuando la muerte ordenó a las fieras de la tierra que devoraran a los que tenían el sello 666 en su frente y en su mano derecha.

Las fieras cuadrúpedas, reptiles y aves depredadoras se movieron alrededor de toda la tierra matando y devorando a todos los que fueron sellados por la bestia.

—¡Ayuden a mi hijo! —exclamó Andrew uno de los perseguidos por el gobierno mundial que escapó en una de las caravanas que salieron de Dallas con destino al pueblo de Tecomán, cuando una pantera negra devoraba con sus filosos dientes el cuerpo de Mike y al mismo tiempo otras víctimas eran devoradas por un sin número de reptiles, águilas y leones que se lanzaban sobre ellos bajo las órdenes del jinete del caballo amarillo cobrando las vidas de la cuarta parte de siete billones quinientos ochenta y dos millones ciento ocho mil novecientos cuarenta y cinco de los habitantes del globo terráqueo.

Dallas (Texas) año 2026
_____

Jehú dormía en una cama de madera y soñaba que el quinto sello fue abierto y una gran multitud de almas que habían muerto martirizadas por el evangelio de cristo estaban pidiéndole a Dios venganza por sus muertes. Ellos estaban debajo del altar de oro en el cielo y les dijeron que descansaran porque otros creyentes en Cristo iban a morir de la misma forma que ellos murieron y al mismo tiempo fueron vestidos de ropas blancas.

Jehú se levantó atónito del sueño y advirtió a los creyentes en Cristo que todavía las muertes de los creyentes continuarían y que tenían que ser valientes y por ningún modo negar a Cristo ni aceptar ponerse el sello de la bestia. Todavía Jehú estaba hablando con los creyentes refugiados que estaban en la ciudad de Texas cuando se oyó una voz tronante del cielo que decía: *que sea abierto el sexto sello* y de repente, hubo un gran terremoto que ultimó millones de personas en el mundo, al mismo tiempo que el cielo se volvía negro como tela de cilicio, y la luna se volvió toda como sangre y que Dios destronaba del firmamento a las estrellas del cielo, mejor conocidos como los demonios que gobiernan las potestades del aire.

El sacudimiento del cielo fue tan grande que los demonios cayeron a la tierra como la higuera deja caer sus higos cuando es sacudida por un fuerte viento. El derrocamiento de los demonios que habían edificado sus fortalezas en las regiones celestes fue tan grande que el cielo se desvaneció como un pergamino y todo monte y toda isla se movió de su lugar. Estos espíritus eran horribles y poderosos, pero no hacían nada contra la humanidad sin la autorización del Dios verdadero, no obstante, a todo esto, la terrible desubicación de los montes y las islas, llevó a los moradores de la tierra a tomar la decisión de suicidarse sin ningún resultado, a tal extremo que tanto los reyes de la tierra, los grandes, los ricos, los capitanes, los poderosos y todo siervo y toda liebre se escondían en las cuevas y entre las piedras de los montes suplicándoles a las mismas que caigan sobre ellos y les escondan del rostro del cordero.

Tel-Aviv (Israel) año 2026
=====================

Después de la apertura del 6to sello tanto Jehú-El-Tuxac, como Lauryn Mcspadden y Pierre Giroux decidieron encontrar a "Los dos testigos". Estos eran dos profetas de parte de Dios que habían llegado a la tierra para profetizar a sus moradores, y sobre todo a castigarlos con toda clase de plagas. No era difícil llegar donde ellos estaban, las señales que les seguían y el alboroto de la gente que corría de un lado para otro al ser atormentado por sus plagas hablaba por sí solo.

Los hombres les aborrecían y a la misma vez le tenían terror, aunque muchos osados que decidieron enfrentarlos fueron consumidos por el fuego que emanaba de sus bocas mientras que otros que intentaron dañarlos con armas letales debían de ser muertos de la misma forma que quisieron herirlo.

Ellos estaban vestidos de cilicio y eran los únicos que podían enfrentar al diablo, al anticristo y al falso profeta sin ser dañados por ellos ni por ningún ser humano que se levantaba contra ellos y que de una u otra forma buscaban la oportunidad de callar sus bocas para que no profeticen más en nombre de Jehová

—No continúen siendo un obstáculo para el gobierno del anticristo ubicado en Tel-Aviv, la sede central de su imperio ¡arrepiéntanse de sus robos, homicidios y hechicerías! —exclamó uno de los dos testigos— y no dejen ponerse la marca del hombre de pecado —asintió el profeta mientras que se sentaba a orillas del río Jordán, y un grupo reducido de judíos y otros creyentes en el Cristo del cielo provenientes de otras etnias raciales también se sentaban en las piedras lisas que sobresalían en la superficie de las aguas, las cuales eran tan grandes y emblanquecidas que parecían huevos prehistóricos.

—¡Escapen oh almas vivientes de la ira de Dios! —exclamó el otro testigo con lágrimas en los ojos—, porque cuando Cristo abra el séptimo sello se les ordenará a los ángeles de Dios que toquen las siete trompetas derramando sobre la tierra la implacable ira de Dios y de su Cristo —replicó el profeta.

—No serviremos ni a tu Dios ni a tu Cristo, al contrario, los aborrecemos —dijeron judíos y gentiles mientras pescaban, se bañaban y hacían toda clase de orgía en el río Jordán.

—¡Ustedes serán testigos del poder de Dios! —exclamó el olivo tocando con una caña de pescar las aguas del río Jordán las cuales se convirtieron al instante en sangre por el poderosísimo nombre de Jesús, muriendo todo pez y reptil.

—¡Huyamos para no ser dañados por los testigos! —exclamaron los que estaban en el río llenos de pavor mientras que un grupo de oficiales del gobierno mundial llegaban para apresar a los dos olivos.

—¿Ustedes son los profetas que atormentan al gobierno? —preguntaron un escuadrón de 666 hombres que empuñaban en sus manos metralletas de alto calibre.

—Si es verdad que somos profetas, que fuego de Dios descienda y consuma a 660 de tus hombres los cuales te tomarán de las manos para llevarte a la casa de tu señor porque quedarás ciego —respondieron los olivos frunciendo el ceño al mismo tiempo que se formaba en las nubes una poderosa llamarada de fuego y consumía a 660 de los guerreros y 6 de ellos tomaron de la mano al capitán Mefi-Azzal para llevarlo a la sede del gobierno en la ciudad de Tel-Aviv en Israel al mismo tiempo que Lauryn Mcspadden, Pierre Giroux y Jehú-El-Tuxac lograban confundirse entre la multitud para llegar a como de lugar a donde estaban los profetas.

—¡Por fin pudimos dar con ustedes! —exclamó Lauryn echando un grito de alegría—, necesitamos tu ayuda —asintió Lauryn echándose a sus brazos.

—Sé que viniste a nosotros para pedirnos que te ayudemos a reservar la vida de los que han sido sellados con el sello de la bestia, pero quiero decirte que no sabes lo que estás pidiendo porque estos hombres amaron sus vidas al rechazar al Cristo del cielo —le dijo el profeta con pesar—, por esto perdieron sus vidas en sentido espiritual, sin embargo, los que aborrecen sus vidas por Cristo y prefirieren morir antes que ponerse el sello 666. Todos los que se dejaron sellar con el sello de la bestia y adoran al diablo y a la imagen del anticristo ya están perdidos para siempre —replicó tomando su vara y el otro su callado con destino al desierto de Cades—. El séptimo sello está a punto de ser abierto así que sed valiente porque tanto tú y los tuyos tendrán que servir de corazón a Cristo y dar sus vidas por él para heredar el cielo porque después de que abra este sello, los ángeles de Dios tocarán sus trompetas y la tierra y sus moradores será abatida por la ira de Dios, pero los que no se dejen marcar con el sello de la bestia no serán atormentados por estas plagas, pero sí pasaran por la tortura y el martirio de los agentes del anticristo — exclamó a voz en cuello el profeta cuando de repente un poderoso remolino de viento arrebató a ambos profetas y aparecieron en la ciudad de Jerusalén.

San Diego (California) año 2026

Una gran mayoría de los cristianos que fueron dejados atrás fueron perseguidos y asesinados por los oficiales del gobierno mundial del anticristo, entre estos estaba el joven Jehú El-Tuxac, un judío cristiano de 26 años dejado atrás por fornicar con su novia y que fue decapitado por mantener su fe en Jesucristo, mientras que Lauryn y Pierre todavía eran perseguidos por los agentes del gobierno mundial.

Ellos llegaron al hogar de una mujer rica y muy influyente en el país quién por respeto a Malachi Mcspadden, el hermano de Lauryn al que ella amaba como su propio hijo, le había prometido darle a los jóvenes hospedaje y no delatarles.

Moraban con ella y su esposo Lewis Simpson, su hija, sus dos hijos, algunos empleados y allegados que de alguna u otra forma fueron favorecidos por Jessica Simpson. Todos ellos tenían la marca de la bestia con la única excepción de su esposo Lewis, Pierre y Lawryn, los dos nuevos integrantes del hogar.

La manecilla del reloj marcaba las 4:00 de la madrugada, era un reloj de los años 70 que pendía de la pared de la habitación de Pierre y Lauryn. Este acababa de sonar porque fue programado erróneamente despertándolos a una hora inexacta. Tanto Lauryn como Pierre estaban desvelados aquella madrugada y pudieron oír la voz tronante del cielo que decía: *que sea desatado el 7mo sello* y cuando se abrió el último sello, hubo silencio en el cielo como por media hora, luego un ángel del cielo arrojó un incensario con fuego a la tierra y hubo truenos, voces, relámpagos y un terremoto.

La tierra volvió a ser abatida por un tercer sismo donde murieron millones de personas posteriormente a esto, el primer ángel tocó la trompeta y fue lanzado a la tierra granizo y fuego mezclado con sangre, quemando la tercera parte de los árboles y toda la hierba verde. Este fue el incendio más grande de la humanidad que no cobró vida humana, pero destruyó gran parte del reino vegetal en todo el globo terráqueo.

Jessica Simpson buscaba entre los escombros de la recámara del primer nivel de la mansión, los cuerpos destrozados de su dos hijos y 4 jovencitas que en el momento de la desgracia estaban fornicando con ellos.

Giroux y Lauryn Mcspadden trataban de consolarla sin ningún resultado, mientras que ella blasfemaba contra Dios y contra su Cristo, los hombres y mujeres salieron a las calles para ver el gran espectáculo de un gigantesco ángel que volaba sobre la tierra para tocar la segunda trompeta de los juicios de Dios, ya no había más escepticismo ó ateísmo en la tierra, todos estaban más que convencidos que existía el Dios verdadero, aunque satanás había engañado a toda la humanidad a través de los milagros engañosos del falso profeta.

El ángel tocó la segunda trompeta a la vista de millones de personas y fue precipitada al mar como una gran montaña ardiendo en fuego convirtiendo la tercera parte del mar en sangre, muriendo al instante la tercera parte de los seres acuáticos, y al mismo tiempo fue destruida la tercera parte de las naves marítimas. Posterior a esto el ángel tocó la tercera trompeta y cayó del cielo una gran estrella ardiendo como antorcha sobre la tercera parte de los ríos y sobre las fuentes de las aguas. Dicha estrella ardiente era un ángel caído que corresponde al nombre de Ajenjo, una planta amarga que simboliza el juicio de Dios.

Por esta plaga, millones de humanos murieron porque se hicieron amargas mientras que Pierre y Lauryn lloraban de angustia pidiéndole a Dios misericordia por la humanidad sin ningún resultado, porque el tiempo de la gracia y misericordia se había apartado de la tierra y solo se veía la ira de Dios sobre los hijos de desobediencia.

El cuarto ángel toco la trompeta y fue herida la tercera parte del sol, la tercera parte de la luna y la tercera parte de las estrellas para que se oscurezcan y no haya luz ni de día ni de noche en la tierra.

—¡No sé hasta cuando la tierra soportará tan severo castigo! —exclamó Lauryn derramada en llantos—, ¿por qué no anduve en santidad? —se preguntaba entre sollozos—, porque si hubiese estado bien delante de Dios como mis padres y mi hermano Malachi, me hubiese ido con Cristo en el arrebato de su iglesia en el año 2020 —asintió Lauryn echándose en los brazos de su esposo Pierre Giroux.

—No te atormentes Lauryn con el pasado —respondió Pierre correspondiendo a su abrazo—, sé que pecamos contra Dios pero nos arrepentimos y estamos dispuestos a dar nuestras vidas por él si fuese necesario —asintió mientras buscaba con lámparas los cuerpos de las víctimas del terremoto.

—¡Mi esposo está vivo! —exclamó Jessica Simpson con alegría—, por lo menos está respirando —asintió con un suspiro maldiciendo el nombre del Dios viviente e instando a su esposo y a Pierre y su esposa Lauryn a que también se dejaran poner la marca de la bestia.

Nairobi (Kenia) Enero 2027

Los moradores de África pudieron ver la gran señal en el cielo de un ángel que advertía a la tierra con ayes el sonido de las tres últimas trompetas. Era enorme la multitud de espectadores que llegaron a Nairobi de Machakos, Mombasa, Endoret y Meru para mirar al ángel gigante que aterrorizaba a los moradores de la tierra con su gran advertencia.

—¡Qué sigue después de esto! —exclamó Kamala temblando de miedo.

—No te preocupes —dijo Rashel una de sus hermanas—, todavía no hemos sido azotados por las aperturas de los 6 sellos —asintió Rashel—, ni por el sonido de las 4 primeras trompetas —replicó.

Ellas todavía estaban platicando y mirando el ángel Atalaya que desaparecía entre las nubes cuanto el quinto ángel tocó la trompeta y cayó del cielo una estrella, es decir, un ángel caído. A éste se le dio la llave del abismo y cuando el abrió el pozo del abismo, el humo que salía del pozo oscureció el sol y el aire y del humo salieron langostas. Estas tenían en sus cabezas como coronas de oro sus caras eran como caras humanas, tenían cabellos como cabello de mujer, sus dientes eran como leones, tenían corazas de hierro y el sonido de sus alas era como el estruendo de muchos carros de caballos corriendo a la batalla. Tenían colas como de escorpiones y también aguijones con los que dañaban a los hombres por 5 meses, había un alboroto en las calles por la gente despavoridas a causa de las langostas mutantes que volaban para picar con sus colas a los hombres y mujeres que tenían en su frente la marca del 666, y aun a las personas que no lo tenían, pero que nunca habían recibido a Cristo como su señor y salvador.

No así los cristianos de Endoret (Kenia) que a pesar de la persecución del anticristo preferían vivir en la tierra como fugitivos antes de dejarse marcar con el sello de la bestia, Kamal, Rashel y unos creyentes de las asambleas de Dios en Kenia que fueron dejados atrás en el arrebatamiento de la iglesia ocurrido en el 2020, se escondieron en una capilla abandonada que estaba ubicada en el mismo centro de la ciudad para según ellos no ser dañados por las langostas infernales.

Al grupo de cristianos dejados atrás se agregaron docenas de personas que estuvieron marcadas con el sello 666 que también estaban aterrados por las apariciones de las langostas infernales que atormentaban a todos los que no tenían el sello de Cristo en su frente.

Las puertas del lugar fueron cerradas y selladas por dentro cuando las langostas volaron hacia dicho lugar en busca de los que no habían aceptado a Cristo como su único y suficiente salvador con el fin de herirlo con sus colas de escorpiones.

Estos espíritus destrozaron la catedral abandonada hiriendo a los que tenían el sello de la bestia y a los que no se habían dejado poner el sello, pero no habían aceptado a Cristo como su salvador.

Kamala y Rashel estaban aterradas cuando se vieron frente a frente a los espíritus que sin pérdida de tiempo hirieron a Rashel, pero cuando vieron el sello de Dios en la frente de Kamala se devolvieron.

Wisconsin (Estados Unidos) año 2027
_____

El sexto ángel tocó la trompeta y una voz tronante ordenó al ángel de la trompeta que desate a los 4 ángeles que estaban atados junto al gran río Eufrates. Los 4 ángeles fueron desatados y comandaron a 200 millones de jinetes infernales. Estos tenían corazas de fuego y azufre y los caballos que ellos galopaban tenían cabeza como de león y cola de serpiente.

Los espíritus se dividieron en 4 grupos de 50 millones y se movieron por todo el globo terráqueo para matar a la tercera parte de la tierra. Ellos eran poderosos y mataban a todos los que se dejaron sellar en la frente, mientras que Pierre y Lauryn se escondían detrás de uno de los árboles ubicado en el parque central de la ciudad de Wisconsin.

—¡Ellos tienen el sello del altísimo! —exclamaron los espíritus cuando vieron a la pareja de esposos echándose hacia atrás para reunirse con los demás espíritus infernales.

Escenas de los dos testigos

Los dos profetas llegaron a la nación de Israel a un lugar específico conocido como Gólgota donde Cristo fue crucificado para enfrentarse contra el anticristo por última vez. Había personas de todas las partes del mundo en dicho lugar a la espera de que las fuerzas del bien y del mal se iban a enfrentar en una batalla sin cuartel que por primera vez en la historia saldría a favor del mal para que se cumpliera la profecía de que el anticristo vencería a los dos olivos y los mataría, pero que después de tres días resucitarían.

La multitud de espectadores era abrumadora y la mayoría de ellos apostaban a los profetas a pesar que les odiaban porque ellos habían atormentado a los moradores de la tierra con toda clases de plagas las veces que ellos querían, y a la misma vez neutralizaban los milagros engañosos del falso profeta, el anticristo y el diablo, mientras que Pierre y Lauryn se escabullían entre la multitud para ver la gran batalla entre las fuerzas del bien y del mal.

La bestia hizo guerra contra los profetas y después de vencerlos logró matarlos.

—¡No puedo creer que él anticristo haya matado los dos olivos! —exclamó Lauryn entre sollozos mientras se recostaba en los hombros de su esposo.

—Está escrito en el Libro de Apocalipsis Lauryn —respondió Pierre Giroux al mismo tiempo que los oficiales del gobierno mundial colocaban los cuerpos de los olivos en la gran plaza de la ciudad por un espacio de 3 días y medio.

La multitud de espectadores frenéticos y excitados por la derrota de los profetas se enviaban presentes unos con otros, parecía como si estuviera celebrando en particular la independencia de cada uno de sus países y a la misma vez adoraban al anticristo y a la segunda bestia que es el falso profeta.

Washington D.C. 8 de Diciembre 2027
_____

Después de 6 meses de la muerte de los dos profetas en la gran plaza de la ciudad, Pierre y Lauryn volaron a la ciudad de Wisconsin para reunirse con un grupo de los dejados atrás que no se dejaron poner la marca de la bestia y posterior a esto, volaron a la ciudad de Washington para junto con el resto de los dejados atrás visitar a un reducido grupo de cristianos que todavía andaban fugitivos para no dejarse poner el sello 666.

Allí discutían sobre la decisión de entregarse a las autoridades mundiales, donde serían asesinados por causa del evangelio, cuando de repente, el ángel de Dios derramó la primera copa de la ira de Dios sobre los hombres que tenían la marca de la bestia y aparecieron en sus cuerpos una úlcera maligna y pestilente que los hacía retorcerse de dolor y maldecir el santísimo nombre de Dios, al mismo tiempo que los oficiales del gobierno mundial entraban al pequeño pueblo de Washington donde estaban reunidos los dejados atrás y mataban a todos los que se rehusaban poner el sello del anticristo incluyendo a la pareja de esposos cristianos Pirre Giroux y Lauryn Mcspadden, mientras que otros creyentes por temor a perder la vida dejaron ponerse el sello de la bestia.

El segundo ángel derramó su copa sobre el mar y este se convirtió en sangre como de muerto y murió todo ser vivo que había en el mar, ya la tercera parte del mar se había convertido en sangre donde murió la tercera parte de los seres vivos, sin embargo, con esta plaga no hubo ni una sola parte del mar que no fuera destruida, muriendo no tan solo los seres acuáticos, sino millones de humanos que dependían del agua salubre del mar para purificarla en procesadores.

El tercer ángel derramó su copa sobre los ríos y sobre las fuentes de las aguas y se convirtieron en sangre, mientras que Elein Müller, la ex novia de Albert Austrüst, miraba con asombro lo que ocurría a su alrededor. Ella lloraba al ver cómo decenas de satanistas no tenían poder alguno contra las plagas del Dios de Israel, al contrario, eran tan vulnerables como cualquier de los que se dejaron sellar con "666".

El cuarto ángel derramó su copa sobre el sol y se le dio poder de quemar a los hombres de la tierra con fuego. Era difícil de creer cómo la tierra se había sucumbido en un cataclismo mundial a causa de todas las plagas enviadas por Dios sobre la tierra, y como si fuera poco, las yagas ocasionadas por las llamas de fuego del sol sobre los cuerpos de millones de hombres que se habían dejado marcar con el sello de la bestia, incluyendo a la satanista Elein Müller, quien no dejaba de maldecir el nombre de Dios.

El quinto ángel derramó su copa sobre el trono de la bestia y mordían de dolor sus lenguas a causa de sus úlceras y su dolor, y tanto el anticristo como el falso profeta vieron su reino convertido en tinieblas. En ese momento, Elein reconoció que tanto Ann Einstein su ex secretaria y el resto de los cristianos servían al único Dios verdadero y que no había nadie como él.

El sexto ángel derramó su copa sobre el gran río Éufrates y este se secó para dar paso a los reyes del oriente. Estos reyes eran los mandatarios más poderosos de todo el mundo que más tarde serán engañados por tres espíritus de demonios que en forma de ranas saldrán de la boca del anticristo, el diablo y el falso profeta para convencerlos a pelear contra el Cristo del cielo en un lugar que en hebreo se llama Armagedón. En medio de esta incalculable multitud estaba la satanista Elein Müller, la cual, engañada por el diablo, marchaba para guerrear contra las huestes celestiales.

La última copa
———————

El séptimo ángel derramó su copa sobre el aire, y posterior a esto hubo un terremoto tan grande cual no lo hubo jamás desde que los hombres estuvieron sobre la tierra dividiendo la gran ciudad en tres partes y destruyendo a todas las ciudades fortificadas alrededor del mundo y todas las islas y los montes desaparecieron. Posteriormente a esto cayó del cielo un granizo tan grande sobre la faz de la tierra que hizo que los hombres maldijeran a Dios por dicha plaga.

Tanto Elein Muller, los satanistas y los que tenían la marca del anticristo fueron consumidos por el aliento de su boca en la batalla del Armagedón poco después de derramar el cáliz de la ira de Dios, mientras que los mártires que no se dejaron sellar por la bestia gozaron justamente con los primeros salvados que tuvieron el privilegio de no ver cuando se abrieron los 7 sellos del apocalipsis.

FIN

Otros libros del autor

1 El Verdadero Rostro de Minerva

2 La Matemática del Perdón

3 Luchando por el Sueño Americano

4 Tierra de Mutantes

5 El Heredero al Trono

6 Perdido en el altar

7 Los 7 Sellos del Apocalipsis es su séptima novela

Made in the USA
Middletown, DE
10 September 2023

37998968R00086